EL REFLEJO
DE LO QUE SOY

ExLibric

ÁNGEL ROVIRA SÁNCHEZ

EL REFLEJO
DE LO QUE SOY

EXLIBRIC

ANTEQUERA 2025

EL REFLEJO DE LO QUE SOY
© Ángel Rovira Sánchez
Diseño de portada: Dpto. de Diseño Gráfico Exlibric

Iª edición

© ExLibric, 2025.

Editado por: ExLibric
c/ Cueva de Viera, 2, Local 3
Centro Negocios CADI
29200 Antequera (Málaga)
Teléfono: 952 70 60 04
Fax: 952 84 55 03
Correo electrónico: exlibric@exlibric.com
Internet: www.exlibric.com

ISBN: 979-13-87707-90-3
Depósito Legal: MA 1024-2025

Impresión: PODiPrint
Impreso en Andalucía – España

Nota de la editorial: ExLibric pertenece a Innovación y Cualificación S. L.

ÁNGEL ROVIRA SÁNCHEZ

EL REFLEJO
DE LO QUE SOY

A mi marido por confiar en mí,
incluso más que yo mismo,
y a todos mis familiares y amistades
por su apoyo incondicional… Gracias.

Prólogo

—Nunca me has hablado de cómo nació Alhena… —observó Abril, con sincera curiosidad.

Alhena suspiró; hacía mucho tiempo que no pensaba en su origen, pero le hizo feliz hacerlo.

—Lo cierto es que Alhena siempre ha formado parte de mí… —confesó con emoción—. Ya de pequeño me escondía en la habitación de mi hermana, me ponía sus vestidos y me maquillaba para bailar y cantar frente al espejo… Creaba mi propio mundo de fantasía… —Suspiró de nuevo—. Hasta que un día mi madre me descubrió… Recuerdo cómo, entre lágrimas, me pedía que no volviera a hacerlo, que eso no estaba bien. Y, aunque luchaba contra mis impulsos para no verla sufrir, aprovechaba cada momento de soledad para dar rienda suelta a mi imaginación. Quería ser una artista como las que salían en la televisión y a las que todo el mundo admiraba. Quería ser una estrella… Y por eso, cuando decidí comenzar con pequeñas actuaciones en secreto, elegí el nombre de Alhena, que es el nombre de la tercera y más brillante estrella de la constelación de Géminis.

Abril la miraba con ternura mientras la escuchaba recordar aquellos momentos tan importantes de su vida.

—Fue en Londres cuando, por primera vez, pude darle forma a Alhena y presentarla en un discreto club de ambiente. La aceptación fue tan grande que me animó a seguir creciendo con nuevos espectáculos, y poco a poco comencé a tener trabajo cada fin de semana… Y así fue como nació Alhena.

Tras culminar su historia, Abril le recalcó lo valiente que había sido y Alhena, que no quería llorar, le dijo a su fotógrafa personal que sería mejor continuar con la sesión de fotos antes de que se le estropeara el maquillaje y tuviera que volver a empezar de cero.

Abril no pudo evitar echar la vista unas semanas atrás y revivir la sorpresa que había sido conocer a una *drag queen* tan increíble como Alhena.

1

Una ventana entreabierta. Una cortina blanca mecida por la suave brisa de la primavera. Unos ojos negros clavados sobre una chica que se apresuraba a trabajar.

—¡Corre, que llegas tarde! —exclamó Eneas, mostrando una gran sonrisa.

Abril miró hacia arriba y descubrió, asomado a la ventana del primer piso, al chico más guapo que jamás había visto. Era de pelo castaño, tez morena, sonrisa perfecta, barba de tres días y unos ojos negros que parecían elevarla hacia su altura.

No fue capaz de articular palabra, pero una sonrisa nerviosa se dibujó levemente en su rostro mientras seguía ininterrumpidamente su camino.

—Buenas tardes, equipo —saludó Abril al entrar en el supermercado.

Sus compañeros la saludaron con simpatía. Lo cierto era que Abril era muy querida por todos. Siempre estaba dispuesta a ayudar y a facilitar el trabajo.

Llevaba ya dos años allí, desde que el negocio arrancó y ella entró gracias a la recomendación de una amiga.

—¿Qué tal sigue tu chico, Abril? —preguntó Julia, su compañera de caja, con preocupación.

Abril torció un poco el gesto antes de contestar; no le era fácil abordar ese tema aún.

—Está bastante afectado; hace relativamente poco que falleció mi suegra y no está pasando por una buena racha. —suspiró—. Pero supongo que será cuestión de tiempo.

—Hay cosas que no se superan, pero se aprende a vivir con ello —comentó Julia.

—Que me lo digan a mí, que perdí a mis padres siendo una niña. No queda otra opción que seguir adelante.

Abril no había tenido una vida fácil. Quedó huérfana a los doce años y fue su abuela quien la cuidó hasta su mayoría de edad. Pese a su pasión por la fotografía, comenzó a trabajar como camarera por necesidad, yendo de un sitio a otro hasta que la contrataron en el supermercado y consiguió una estabilidad.

A su chico, Oliver, lo conoció en el instituto; se enamoraron y comenzaron una relación que se alargó en el tiempo. Diez años juntos llevaban.

Oliver siempre fue un chico con inquietudes, con ganas de formarse, de superarse… Pero su situación en casa tampoco fue fácil. Sus padres estaban separados y siempre tenían problemas económicos, los cuales lo obligaron a dejar de lado sus sueños de estudiar una carrera y empezar a trabajar en la hostelería. Aunque gracias a su trabajo y esfuerzo pudo matricularse en técnico de laboratorio y auxiliar de farmacia, aprobando con matrícula de honor. Abril no podía estar más orgullosa de él.

Lo cierto era que tenían una relación muy bonita, aunque también habían pasado por tramos amargos debido a celos e inseguridades, en especial, por parte de Abril. Pero con el tiempo fueron limando asperezas, llegando a ciertos acuerdos para que ambos pudieran seguir adelante con tranquilidad.

Aquella tarde de trabajo, Abril no podía pensar en otra cosa. Mientras cobraba en caja o reponía mercancía, su mente estaba en Oliver. Esperaba de todo corazón que pronto volviera a ser el mismo de siempre, ya que la pérdida de su madre lo había sumido en una tristeza absoluta durante los últimos meses.

—Al final llegaste a tiempo, por lo que veo.

Esa voz. Abril alzó la mirada y se encontró de frente con el chico de la ventana.

—Buenas tardes. Sí, es que venía con el tiempo justo, por eso corría.

Eneas sonrió de nuevo de esa forma tan encantadora y, a continuación, le hizo una mueca con la lengua.

—Soy nuevo en el barrio, me llamo Eneas, un placer.

—Pues aquí tienes tu supermercado de confianza para cuando lo necesites, Eneas. —Abril no podía evitar ruborizarse frente a él. Era un chico muy atractivo y encantador.

—Nos veremos a menudo por aquí, Abril —dijo tras leer la chapa con su nombre que llevaba colgada en el pecho.

Y dicho esto, hizo una pequeña compra; Julia lo atendió en caja y se marchó.

—¡Madre mía! —exclamó Julia. —Ese cliente estaba para comérselo entero.

—¡Julia, qué cosas dices!

Abril y Julia no pudieron parar de reír durante un buen rato, bromeando sobre Eneas.

Eneas llegó a su apartamento, colocó la compra en la despensa, se encendió un cigarrillo y se apoyó en la ventana a fumárselo. Sonrió al recordar a Abril ruborizada. Le había resultado una chica encantadora: con su pelo rubio y liso recogido en una cola de caballo, sus ojos castaños, su nariz respingona y ese hoyuelo que se le formaba junto a la comisura derecha cuando sonreía. Hacía tiempo que una chica no llamaba su atención.

—¡Eneas, ya estás aquí!

Inmerso en sus pensamientos, Eneas no se había percatado de que su gran amigo Lucas lo observaba desde la calle con una expresión de inmensa alegría dibujada en su rostro.

—¡Lucas! ¿A qué esperas? ¡Sube!

La alegría de ambos al reencontrarse y abrazarse fue descomunal. Llevaban años sin verse. Eneas había vivido muchísimo tiempo fuera de España.

—Tienes que contarme muchas cosas —afirmó Lucas, sin atisbo de duda.

Esa noche, cuando Abril iba de vuelta a casa, no pudo evitar volver a mirar hacia la ventana de Eneas y esbozar una gran sonrisa al escuchar a dos amigos reír a carcajadas.

—Buenas noches, mi vida.

La voz de Oliver era hogar, calidez, seguridad. A Abril le encantaba que su chico llegara a casa antes que ella y la recibiera con un gran abrazo acompañado de un beso pasional y una rica cena recién hecha.

—Hola, mi amor. —Permanecieron varios segundos abrazados—. Qué ganas tenía de llegar a casa y estar entre tus brazos.

—Abril, quería disculparme contigo —dijo Oliver, con tristeza en su mirada.

—No tienes nada que sentir, de verdad…

—Sé que desde la pérdida de mi madre no he estado muy centrado, pero tú no te mereces la frialdad con la que te he tratado últimamente. Lo siento, de corazón. Tú eres lo más importante de mi vida y no quiero perderte.

Esas palabras de Oliver se clavaron en lo más profundo de su chica, que, con lágrimas en los ojos, le contestó:

—Te quiero tanto que lo único que me preocupa es que tú estés bien. Pero te agradezco muchísimo que pienses en mí. Sigues siendo el mismo niño dulce del que me enamoré.

No pudieron contenerse. Se besaron apasionadamente. Se llenaron de caricias. Y, bajo el agua de la ducha, se entregaron el uno al otro como hacía tiempo que no lo hacían.

Se querían y eran felices. Abril estaba segura de que podrían superar cualquier obstáculo que la vida les presentara. Oliver era todo por lo que había luchado en la vida. Era su mundo.

Mientras tanto, Eneas y Lucas seguían bebiendo cervezas y fumando mientras reían recordando todos los buenos momentos que habían vivido en su infancia y adolescencia.

—Aún recuerdo cuando me confesaste que Borja y tú estabais juntos.

Ese recuerdo que Lucas acababa de desbloquear hizo que la sonrisa de Eneas se disipara un poco. Borja fue su primera pareja sentimental, con la que estuvo toda su adolescencia.

—Borja, siempre tan cobarde… Lo quise como a nadie, ¿sabes? Pero no fue capaz de mostrarle al mundo lo que sentía por mí. Y tampoco respetaba la vida que yo quería llevar. Fue una pena.

—Eneas, discúlpame. —Lucas sonaba apurado—. No quería traerte malos recuerdos.

—Tranquilo, no lo haces —confesó Eneas—. Al contrario, pese a todo lo que sufrí con su decisión, los años que estuvimos juntos fueron muy felices. Y no me arrepiento de nada.

—¿Y sabes qué fue de él?

—Nunca más supe de Borja, pero tuve otras parejas que me enseñaron mucho. Cosas que en este pueblo tan pequeño jamás hubiera aprendido. Aunque debo decir que me ha sorprendido mucho volver a mi tierra y comprobar que las mentes están más abiertas.

—Para eso has vuelto, ¿no? ¿Vas a trabajar con nosotros? Gonzalo y yo estamos deseando contar contigo, y más después de todo lo que me has contado.

Eneas suspiró y puso los ojos en blanco antes de contestar a la propuesta de su gran amigo Lucas.

—Tenía miedo de volver, tú sabes que lo pasé muy mal. Pero vengo con ganas de vencer todo aquello y dejar el pasado atrás. Así que mi respuesta es que sí. Voy a trabajar con vosotros.

Lucas dio un fuerte grito de felicidad y se abalanzó sobre Eneas, atrapándolo en un abrazo que parecía que iba a ser interminable. Eneas se sintió en casa después de mucho tiempo.

2

Los primeros rayos de sol iluminaron la larga y rubia cabellera de Abril, haciéndola despertar de una manera serena y relajada. Miró a su lado. Oliver seguía dormido a pierna suelta. Qué guapo estaba cuando dormía. Esa expresión de tranquilidad en su rostro, esos labios entreabiertos, ese pecho fuerte y velludo sobre el que le encantaba recostarse. No pudo evitar besar sus labios carnosos. Él, aún entre sueños, le respondió al beso con dulzura. Cuando sus ojos verdes la miraron, le dio los buenos días abrazándola y diciéndole lo mucho que la quería. Abril se subió a horcajadas sobre Oliver. Lo sentía. Sentía a su novio dentro de ella y eso le fascinaba. La hacía sentir viva, deseada. Cómo disfrutaba cuando estaban así. Llegaron al clímax juntos, compenetrados y jadeantes.

—Cásate conmigo, Abril.

Llevaban desde los quince años juntos y nunca habían hablado de matrimonio. Supuestamente, estaban bien así. No necesitaban más que estar juntos y quererse. Por eso a Abril le sorprendió tanto esa propuesta tan repentina.

—Oliver, cariño… No me esperaba esta propuesta. —La joven, aún con su cuerpo desnudo entrelazado al de su novio, no daba crédito a lo que estaba viviendo.

—Llevamos diez años juntos. Nos queremos. Y yo quiero formar una familia contigo, mi vida.

Abril tragó saliva. ¿Casarse? ¿Tener hijos? ¿En qué momento Oliver había pensado en eso?

—Lo cierto es que me dejas sin palabras. Jamás nos habíamos planteado esas opciones.

Oliver besó las manos de su novia y, mirándola a los ojos, le dijo:

—Entiendo que tengas que pensarlo. Solo quiero que sepas que estoy dispuesto a todo contigo. Quiero darte toda la felicidad del mundo.

Volvieron a besarse, pero la mente de Abril estaba pensando en que ella no sabía si eso era lo que quería para su vida, pero… ¿Cómo se lo decía a Oliver sin herirlo? Prefirió callar y no pronunciarse al respecto por el momento.

Eneas salió a correr esa mañana por la orilla de la playa. No había sido consciente hasta entonces de lo hermoso que era su pequeño pueblo; lo había pasado tan mal durante su adolescencia que la mayoría de sus recuerdos eran tristes. Pero tenía que reconocer que la playa, la brisa marina, el paseo marítimo, las casas blancas decoradas con coloridas flores e incluso el ambiente que se respiraba eran absolutamente diferentes al de sus oscuros recuerdos.

Recordó a sus compañeros de instituto llamándolo «maricón», los maltratos de su padre, la decepción de su madre, el silencio de su hermana y la indiferencia de su hermano.

¿Qué habría sido de ellos? ¿Sus padres seguirían vivos? En el fondo se moría de curiosidad por saber de ellos, pero nunca había querido buscarlos para no hacerse más daño del que ya había sufrido.

Finalmente, sus ganas de saber de su familia hicieron mella en lo más profundo de su ser, dirigiéndose de forma casi inconsciente hacia la que un día fue su casa.

Se trataba de una planta baja en un barrio humilde. Su casa también estaba pintada de color blanco y en sus ventanas con rejas lucían bonitas macetas vestidas con flores perfectamente cuidadas. Su madre siempre había sido una apasionada de las flores y las mimaba incluso más que a sus propios hijos. Eso era una señal indiscutible de que su madre seguía viva. ¿Lo reconocería después de tantos años si lo tuviera enfrente?

Eneas tuvo el impulso de tocar el timbre, pero no se atrevió. No estaba preparado para más desprecios. Lo cierto era que ni sus padres ni sus hermanos lo habían buscado en todos esos años; estaba muerto para ellos. ¿Qué sentido tenía querer ver a una familia que te aborrecía?

Pese a sus ganas de resolver todas las preguntas que rondaban su cabeza, Eneas retrocedió y se alejó de aquellas cuatro paredes que lo habían visto nacer.

Se alegró mucho cuando, al parar en el supermercado del barrio antes de subir a casa, divisó a Abril en caja.

—Hoy turno de mañana, por lo que veo.

Abril lo miró de reojo mientras entregaba el cambio a una clienta.

—Buenos días. Sí, hoy me tocó madrugar.

—Pues te sienta bien. Estás radiante.

Aquel halago de Eneas hizo que Abril se ruborizara y sintiera un escalofrío que recorrió todo su cuerpo.

—¡Al ladrón! —La voz de Julia los alarmó a ambos—. ¡Ese tipo acaba de robarnos!

Eneas y Abril vieron cómo un tipo encapuchado corría con intención de escapar. Eneas se quedó paralizado. Abril consiguió agarrar al ladrón por la sudadera con intención de inmovilizarlo, pero este se defendió empujándola contra Eneas y ambos cayeron contra la caja.

Parecía haberse paralizado el tiempo. Eneas sostenía a Abril entre sus brazos mientras ella lo miraba sin entender qué hacía tan cerca de él. Pero lo cierto era que, aunque sus miradas no podían apartarse la una de la otra y sus rostros estaban a punto de rozarse, Abril se encontraba cómoda. Era como si se conocieran desde siempre y tuviera confianza absoluta el uno en el otro.

—¿Te encuentras bien? —preguntó Eneas al fin.

—Sí … —contestó ella, aún exhausta—. Menudo bestia, el tipo.

Julia estaba como loca, rodeada de todos sus compañeros.

—Se ha llevado varios productos de los caros. Lo he pillado de lleno y ha sido cuando ha escapado —contó la misma historia una y otra vez, fruto de los nervios y la tensión que acababa de vivir.

—Has sido muy valiente —dijo Eneas dirigiéndose a su cajera favorita.

—Sinceramente, ha sido un impulso. —Abril no daba crédito a lo que acababa de pasar.

El revuelo en la tienda duró toda la mañana; en el barrio no se hablaba de otra cosa. Eneas, en cambio, más que en el robo, no podía apartar de sus pensamientos la imagen de Abril pegada a su cuerpo. Esa chica tenía algo que le atraía muchísimo.

Por su parte, Abril continuó su jornada laboral con el susto en el cuerpo y, aunque no quería, Eneas y su cercanía también invadían sus pensamientos la mayoría del tiempo. ¿Qué le pasaba con ese chico al que apenas conocía?

—Vaya susto, ¿eh? —comentó Julia en la hora del descanso.

—Y que lo digas. No estamos preparados para estos casos… Necesitamos más seguridad.

La idea de Abril hizo reír a Julia, que contestó:

—Con lo agarrado que es nuestro jefe, como para poner un vigilante. Él siempre dice que con las cámaras tiene suficiente. Así nos va.

Abril prefería no hablar más del asunto, así que se decidió a sincerarse con su amiga.

—Cambiando de tema. —Abril suspiró antes de hablar—. Oliver me ha pedido que me case con él.

—¡¿Qué me dices?! —exclamó Julia, efusiva, mientras la abrazaba con todas sus fuerzas—. ¡Enhorabuena, cariño! ¡Nos vamos de boda!

—Julia… —Abril se zafó del abrazo de su amiga a la mayor brevedad posible—. No sé si me quiero casar.

Julia no daba crédito a las palabras de Abril. Le recordó que llevaban media vida juntos prácticamente y que, si ambos se querían, no veía el impedimento para dar ese paso, pero Abril insistía en que era algo que jamás se habían planteado, que estaban bien así.

—A ti lo que te pasa es que te has acomodado y te dan miedo los cambios —dijo Julia, tajante.

—No es eso, pero no me había dado cuenta hasta ahora de que hay muchas cosas que quiero hacer antes de formar una familia. Siempre me he centrado en hacerlo feliz a él, pero… ¿Qué pasa conmigo? También tengo sueños e inquietudes.

—Amiga mía, Oliver y tú tenéis una larga conversación pendiente.

Julia tenía toda la razón. Oliver y ella tenían que hablar largo y tendido sobre el asunto.

Llegó el mediodía y Abril tomó el camino a casa con muchas ganas de tener esa conversación con su novio. Estaba segura de que iba a ser comprensivo con ella, como siempre lo había sido.

Eneas la saludó desde la ventana, con su cigarrillo en la boca, y ella le devolvió el saludo con simpatía. En esa ocasión no hubo palabras, solo un cruce de miradas y un gesto cortés, aunque a Eneas le hubiera gustado decirle lo mucho que le gustaba.

Abril llegó a casa, saludó a Oliver con un beso fugaz, lo abrazó con fuerza y le susurró al oído:

—Tenemos que hablar.

Oliver fue todo oídos mientras Abril le confesaba que no se veía preparada para casarse y formar una familia en ese momento, que quería hacer ciertas cosas antes para sentirse realizada como persona, pero que nunca se había atrevido a planteárselo debido a la comodidad en la que vivían. Le dijo lo mucho que lo quería y él le contestó que sentía lo mismo y que iba a esperarla el tiempo que hiciera falta.

—Gracias por escucharme y entenderme, mi amor —dijo Abril, emocionada.

—Gracias a ti por quererme y cuidarme siempre. No tenemos prisa, cariño. Mi prioridad es que tú estés feliz y te sientas en paz contigo misma. Te quiero.

Abril parecía haberse quitado un lastre de encima que la había acompañado desde la mañana. Tenía muchísima suerte de tener a Oliver como compañero de vida y no estaba dispuesta a estropearlo.

—¿Y puedo saber qué inquietudes tienes? —preguntó el chico, curioso.

—Quiero retomar la fotografía, sabes que siempre me apasionó —confesó Abril.

—No te escuchaba hablar de fotografía desde el instituto, se te daba increíble.

—Creo que me he centrado tanto en construir nuestra vida juntos y en tener una estabilidad económica que me había olvidado de lo que me gusta y me llena a mí. Y creo que antes de formar una familia tengo que sentirme plena.

Oliver la abrazó con fuerza y le recordó lo orgulloso que estaba de ella.

—Yo siempre voy a estar aquí para apoyarte en cualquier decisión que tomes. Y me parece genial que decidas dedicarle tiempo a algo que te apasiona… Tú siempre has sido generosa conmigo, y lo sigues siendo. Te mereces que yo también lo sea contigo, aunque a veces me regodee demasiado en mi propio dolor.

—Tengo mucha suerte de tenerte, ¿sabes? —dijo Abril, emocionada.

—Ambos tenemos suerte de tenernos. Te quiero.

Abril le respondió a aquel «te quiero» con un cálido beso en los labios y un abrazo interminable.

3

Al día siguiente, el robo del supermercado parecía ser el único tema interesante entre los clientes. Todos tenían algo que decir y opinar al respecto.

—Sí, señora, tendremos cuidado y la próxima vez llamaremos a la policía. No se preocupe.

Abril terminó realmente agotada de repetir la misma cantinela hasta la saciedad.

—Qué pesada la gente —comentó Julia, igualmente aburrida de la situación—. Menos mal que ya termina mi turno y mañana tengo el día libre, así desconecto un poco.

Solo de pensarlo, Abril se sentía aliviada.

—Oye, aprovechando que yo mañana tengo turno de tarde, ¿por qué no salimos esta noche a ese club nuevo que han abierto? Por lo visto está genial —propuso Julia.

Abril lo pensó por unos segundos. Lo cierto era que hacía bastante tiempo que no se daba una escapada y se la merecía.

—Venga, vale. Avísame luego y vamos a ver qué tal.

Julia comenzó a proponerles el plan a todos los demás compañeros con su característico entusiasmo, aunque la mayoría ni siquiera contempló la opción.

Al rato, en el camino a casa, Abril se encontró de frente con Eneas, que justo subía la calle. Ambos se miraron, recordando lo cerca que habían estado el uno del otro el día anterior. Abril recordaba incluso el ritmo de los latidos del corazón del chico. Él recordó las inmensas ganas de besarla que había tenido al tenerla entre sus brazos durante aquellos segundos que ojalá hubieran sido eternos.

—¿Ya terminaste por hoy? —preguntó Eneas, curioso.

—Me estás empezando a asustar. ¿Me estás acosando? —Abril tenía el semblante serio.

Eneas se sintió bastante violento, no supo qué decir.

—Vaya, te he dejado sin palabras —dijo Abril con una sonrisa de oreja a oreja—. Estaba bromeando.

El sonido de la risa de Abril y su expresión relajada hicieron que Eneas también se relajara.

—Eres mala —dijo Eneas sin poder disimular su alivio—. Me habías asustado.

Abril, que no podía parar de reír ante la situación, se disculpó poniendo la mano sobre su hombro.

—Lo siento, de verdad. No ha sido una broma muy acertada. Es que voy corriendo a casa a ver qué me pongo, que esta noche salgo con mis compañeras y tengo que barajar opciones.

—¡Disfruta, *graciosilla*!

Eneas la observó desaparecer entre calles de paredes blancas, flores y adoquines.

Abril llegó a casa con la sonrisa aún dibujada en el rostro: la cara que había puesto Eneas no podría olvidarla nunca.

—Qué feliz vienes hoy, ¿no? —observó rápidamente Oliver.

Abril se abalanzó a los brazos de su novio, saludándolo con un beso apasionado.

—Es que Julia me ha animado a salir esta noche y me apetece muchísimo.

Oliver se alegraba mucho cada vez que Abril hacía planes más allá de él y del trabajo, y esa vez no iba a ser menos. Le gustaba ver a su chica disfrutar de la vida, ya que la mayoría del tiempo se la pasaba preocupada por la economía del hogar, entre otras cosas.

—Yo también tengo aquí una cosa que tal vez te anime.

Oliver sacó un regalo del armario y se lo puso a Abril en las manos. Abril no entendía nada. ¿Un regalo? Si no era su cumpleaños, ni su aniversario. Lo abrió con nervios, como una niña el día de Reyes.

—No puede ser… —fue lo único que Abril fue capaz de decir al descubrir bajo el envoltorio una cámara fotográfica de último modelo.

Oliver la miraba fascinado; pocas veces en la vida había visto a su novia tan emocionada, hasta lágrimas resbalaban por sus mejillas.

—Gracias por esto, significa mucho para mí.

Abril abrazó a su novio con fuerza. No podía sentirse más dichosa.

—Espero que cumplas todos tus sueños, mi vida —le susurró Oliver al oído.

Se besaron con dulzura. Abril no podía parar de llorar de la emoción.

Por su parte, Eneas y Lucas habían quedado para comer algo y aclarar algunos puntos del contrato y condiciones de trabajo. Les encantaba una jarra de cerveza bien fría acompañada de una buena tapa en una terraza.

—Entonces, ¿todo correcto? —preguntó Lucas mientras su amigo terminaba de leer el contrato.

—Estoy deseando empezar —confesó Eneas con ilusión en su mirada.

—Pues si estás conforme, hoy mismo puedes empezar. Si quieres, claro.

De repente, Eneas agachó la cabeza bruscamente y cubrió su rostro con una mano. Su expresión se tornó tensa.

—Eneas, ¿estás bien? —Lucas se preocupó por ese repentino cambio de actitud.

—Mis padres acaban de pasar justamente por detrás de ti; hacía más de diez años que no los veía.

Eneas había visto a cámara lenta cómo sus padres atravesaban, cogidos del brazo, la calle de atrás. Por un instante, había sentido como se le paraba el corazón. Por un lado, se moría por abrazarlos, pero por el otro, era incapaz de acercarse a ellos.

—¿No crees que sea posible arreglar vuestra situación? Ha pasado demasiado tiempo.

La pregunta de Lucas era la misma que él llevaba años haciéndose. Pero la triste realidad era que su familia se había olvidado de él completamente y, por mucho dolor que le causara, tenía que aceptarlo.

—Definitivamente, hoy empiezo a trabajar con vosotros.

Lo necesitaba. Necesitaba ese trabajo para comenzar un nuevo capítulo en su vida y enterrar tanto dolor que arrastraba del pasado.

Abril, tras toda la tarde decidiendo qué ponerse, eligió una minifalda negra de cuero, una blusa blanca de manga larga y escote en pico, y unos botines negros no demasiado altos. Con ese conjunto se sentía guapa y a la vez estaba cómoda. Decidió dejar su larga melena rubia suelta y ponerse un poco de brillo labial. No acostumbraba a arreglarse, pero debía reconocer que cuando lo hacía se sentía muy bien.

Estaba tan feliz por el regalo de Oliver que decidió que esa misma noche se llevaría la cámara para fotografiarlo todo. Y seguramente Julia estaría encantada de posar para ella, ya que a sus cincuenta años era una mujer extremadamente atractiva.

Julia iba deslumbrante con un vestido corto de seda, luciendo sus largas y esbeltas piernas que acababan en un tacón de aguja que quitaba el sentido. Sus rizos rubios naturales hacían que brillara con luz propia por donde pasaba.

Finalmente, iban las dos solas; el resto de compañeros trabajaban al día siguiente temprano o ya tenían planes. Julia alucinó cuando Abril le contó la historia de la cámara y aprovechó para ofrecerse a ser su modelo personal. Si ella supiera que Abril ya lo había pensado de antemano, su ego desmedido crecería aún más. Tenían una estrecha relación laboral y personal, pero lo cierto era que no podían ser más diferentes. Abril era discreta y sencilla, mientras que Julia era pura explosión. Quizás por eso compenetraban tan bien.

Era, más o menos, las once de la noche cuando llegaron a La Escena, el nuevo club del pueblo. Llevaba abierto un par de meses, pero nunca antes se habían animado a ir. Era un local pequeño pero con mucho encanto: tenía doble altura, un escenario al fondo, una barra a la derecha y varias mesas altas. Toda la decoración incluía banderas arcoíris, lo cual le daba un toque de lo más alegre.

Había bastante gente para lo pequeño que era realmente el local, pero lo cierto era que el ambiente no podía ser mejor. Las *drag queens* que presentaban el *show* eran graciosas a más no poder.

Abril aprovechó para fotografiarlas. Siempre había admirado esa valentía para transformarse y entretener al público, aparte del inmenso trabajo de maquillaje, vestuario y peluquería.

—Buenas noches, querido público. —Una de ellas tomó el mando—. Esta noche una nueva estrella se une a esta constelación. Les pedimos un fuerte aplauso para la inigualable… ¡Alhena!

El telón se abrió y Abril quedó prendada con semejante aparición. Alhena interpretaba y se contoneaba de una forma única. Su larga peluca azul eléctrica caía sobre sus hombros como agua de manantial, y su vestido plateado de palabra de honor no dejó indiferente a nadie.

—Es impresionante —balbuceó Abril.

Julia asintió, pero fue incapaz de articular palabra.

Alhena dejó a todo el público embelesado mientras actuaba. Parecía el canto de una hermosa sirena que estaba a punto de llevar al naufragio a una tripulación completa de marineros. Su presencia, elegante y despampanante, se convirtió en la protagonista absoluta de la noche.

Al terminar la actuación de Alhena, los aplausos parecían no cesar. La nueva estrella del local agradeció muchísimo al público por tantísimo cariño y aseguró que venía dispuesta a quedarse para hacerlos disfrutar cada fin de semana.

Abril no pudo evitar fotografiarla desde mil perspectivas diferentes. Se había quedado completamente fascinada. Incluso se acercó a ella para felicitarla cuando bajó del escenario.

—Abril, no te esperaba por aquí. ¿Te ha gustado el *show*?

Esa voz. No podía ser verdad lo que sus ojos estaban viendo. Alhena era Eneas.

4

—Veo que te has quedado en *shock*.

La voz era de Eneas, pero el aspecto era el de una diosa. Abril seguía sin creer lo que veían sus ojos.

—Eneas… —alcanzó a decir, al fin—. Jamás hubiera imaginado que eras tú.

—Bueno, en este instante Eneas no existe. Ahora soy Alhena, la nueva estrella del local.

Alhena sonreía y se movía con una feminidad digna de una ninfa del bosque. Era guapa a rabiar.

—Pues un placer conocerte, Alhena.

Julia se unió de pronto a la conversación, llenando de halagos a la artista, y Alhena, aunque agradecida, no podía dejar de centrar toda su atención en Abril.

—Me da mucha alegría que hayáis venido justamente esta noche, que ha sido mi debut aquí.

—Pues nosotras es la primera vez que venimos —aclaró Julia—. Pero seguro que a partir de ahora venimos más por aquí.

Alhena comenzó a hablar con otros clientes que le pedían fotos. Era una diva en potencia. Abril la miraba con admiración e incredulidad a partes iguales. El hombre que llevaba días poniéndola nerviosa había resultado ser un chico gay y, además, que trabajaba de *drag queen*. Se sentía ridícula. Había pensado que Eneas estaba interesado en ella y, tras el reciente descubrimiento, ese pensamiento se convertía en algo totalmente descabellado.

Tras zafarse de la multitud, Alhena las invitó a un chupito. Brindaron y volvió a subir al escenario para deleitar a su público con otra actuación estelar.

Julia bebió más de lo habitual y acabó llamando a su ex. Abril también estaba algo ebria, así que no recordaba en qué momento de la noche Julia se despidió de ella y se marchó para entregarse a una noche de pasión desenfrenada, pero cuando llegó la hora de cerrar el local, aún seguía allí.

Eneas salió de entre bambalinas, ya desmaquillado y vestido con una camisa, unos vaqueros y unas deportivas. Sonrió al comprobar que Abril seguía allí y se acercó a ella sin titubear.

—Ahora sí soy Eneas.

Abril le hizo sitio a su lado, junto a la barra.

—Das asco —sentenció ella, bruscamente—. Eres increíblemente guapo te pongas lo que te pongas.

Eneas soltó una carcajada enorme y le agradeció el cumplido. De pronto, Abril se apoyó en su hombro y le confesó que estaba muy afectada por el alcohol, así que Eneas hizo una llamada, y en cuestión de minutos estaban en un taxi de vuelta a casa.

El camino no duró más de diez minutos, pero en ese tramo Eneas sintió cómo Abril apoyaba la cabeza de nuevo sobre su hombro. Se estaba quedando totalmente dormida, y aunque le encantaba sentirla cerca y embriagarse con su aroma, la despertó con mucha delicadeza para avisarle de que ya estaban llegando a casa.

—Gracias por acompañarme, eres maravilloso —dijo Abril al bajar del taxi, sin apenas poder mantenerse en pie.

Eneas llegó a casa sin poder dejar de sonreír y durmió pleno esa noche recordando las palabras de Abril. Ella sí que era maravillosa.

5

Al amanecer, Oliver le llevó el desayuno a la cama a su novia, que no podía aguantar el dolor de cabeza.

—Veo que lo pasasteis bien anoche —dijo Oliver en tono burlón.

—Mi amor… Eres un cielo. Gracias por el desayuno.

Mientras desayunaba y se espabilaba un poco, Abril le iba contando a Oliver con detalle todo lo sucedido la noche anterior. Incluso le enseñó las fotos que había hecho con la cámara nueva.

Oliver se quedó realmente fascinado con la calidad de las imágenes y con el contenido de alguna de ellas especialmente.

—Parece mentira que sean hombres vestidos de mujer —comentó Oliver con fascinación—. Pero la de la peluca azul es realmente espectacular.

Abril sintió un pellizco en el estómago al oír a su novio hablar de Alhena. Lo cierto era que no se había atrevido a contarle los encontronazos que habían tenido los días anteriores y, mucho menos, que la había acompañado a casa esa misma madrugada. Sentía que lo estaba engañando, pero había algo en su interior que le impedía contárselo.

—Alhena, se llama —logró decir al fin—. Todos los presentes nos quedamos asombrados con su aparición. Es digna de ver.

—Me ha generado muchísima curiosidad —confesó Oliver—. Un día que nos coincidan los horarios podemos ir juntos, si quieres, a disfrutar del espectáculo.

Abril asintió con la cabeza, pero no podía evitar sentirse tensa al imaginarse la situación.

El resto de la mañana transcurrió de lo más tranquila. Abril siguió descansando mientras que Oliver se marchó a trabajar. Le había costado encontrar trabajo en farmacia, pero al fin lo había conseguido, y además, cerca de casa. Abril admiraba su ímpetu por conseguir lo que se proponía.

Lo cierto era que ese trabajo le había venido genial, ya no solo para su satisfacción personal y profesional, además de para la situación económica que tenían, sino también para mantener la mente distraída y no pensar tanto en la pérdida de su madre, que tanto le había afectado.

Abril prefería no recordar aquellos dolorosos momentos que vivieron; lo importante era que Oliver por fin se estaba recomponiendo y volvía a ser él.

El sonido del teléfono la disipó de sus pensamientos. Era Julia, disculpándose por haberla dejado sola la noche anterior. Abril le aseguró que no estaba molesta, que se tranquilizara y que esas cosas pasaban, pero Julia no se quedaba conforme y seguía no solo disculpándose, sino martirizándose por haber pasado la noche con su expareja, que tanto daño le hizo. Abril estaba cansada de la misma cantinela y decidió escucharla, asentir y aconsejarle que no lo volviera a hacer, aun sabiendo que todas sus palabras caerían en saco roto.

Cuando colgó, estaba tan saturada que necesitaba tomar un poco de aire. Así que se duchó, se puso cómoda, cogió su cámara fotográfica y salió a intentar relajarse un poco.

Mientras tanto, el apartamento de Eneas parecía un mercadillo: todo el salón estaba lleno de vestidos brillantes, tacones y pelucas. Lucas y Gonzalo habían aprovechado para acercarle varias prendas que ya no usaban e invitarlo a comer como agradecimiento del debut estelar que había tenido la pasada noche. Pidieron comida china y unas cuantas cervezas; mejor plan, imposible.

—Nos dejaste boquiabiertos incluso a nosotros —confesó Gonzalo.

—Sabíamos de tu talento, pero anoche brillaste de una forma única —confirmó Lucas.

Eneas miraba a sus amigos y se sentía feliz; los quería como a familia.

—Muchas gracias, chicos. Lo hice lo mejor que pude.

Lucas y Gonzalo no pararon de hablar de lo maravillosa que había sido la actuación, de alabar su vestuario, su maquillaje, su peluca, sus gestos… Eneas los escuchaba maravillado. Ojalá su familia hubiera estado igual de orgullosa de él.

—Para esta noche he pensado que podríamos hacer algo juntos —sugirió Lucas, entusiasmado.

—Lo que queráis, chicos. Yo estoy dispuesto a todo.

Tras comer y beber, comenzaron a probarse vestidos, a escuchar música, a bailar. Qué felices eran con tan poco, inmersos en su propia burbuja.

Los días siguientes fueron tranquilos y rutinarios. Abril iba y venía del trabajo, pero ya no veía nunca a Eneas en la ventana, y tampoco coincidía con él en la tienda o en el barrio.

En su tiempo libre salía a fotografiarlo todo y luego le mostraba sus trabajos a Oliver, que quedaba fascinado con el talento natural de su novia y la animaba a montar algún tipo de exposición.

Aunque Abril había fantaseado más de una vez con aquello, se tomaba la fotografía como una afición. El tema de la boda y los hijos no volvió a surgir, aunque Abril no podía dejar de darle vueltas al asunto.

Por su parte, Eneas vivía de noche y dormía de día. Sus *shows* eran un éxito cada noche y Lucas y Gonzalo lo animaban para que lo diera todo; confiaban ciegamente en el talento de su amigo.

A Eneas le apasionaba dedicarse a lo que siempre había querido y, además, en su pueblo. Sabía que le faltaban cosas, como el apoyo de una familia a la que había perdido, pero eso no iba a hacer que volviera a dar pasos hacia atrás. También le faltaba verla a ella… No podía sacar a Abril de sus pensamientos. Tenía ganas de conocerla más, de saber de ella. Llevaban varios días sin coincidir y no estaba dispuesto a seguir la racha.

—Por fin veo a mi cajera favorita —dijo Eneas al entrar al supermercado y verla en primera línea.

—Hombre, don perdido, ya te estaba extrañando.

Esas últimas palabras salieron de la boca de Abril sin pensar, de forma impulsiva. Eneas esbozó una sonrisa canalla y exclamó:

—Entonces te gusta que te acose. ¡Lo sabía!

Abril respondió poniendo los ojos en blanco. Eneas era exasperante, pero algo la atraía hacia él.

—Tengo el descanso en breve. ¿Tomamos un café en el bar de la esquina?

Eneas aceptó sin vacilar la propuesta de Abril. En cuestión de cinco minutos estaban sentados el uno frente al otro con una taza de café caliente.

—Llevo desde el día que te vi actuando queriendo hablar contigo —dijo ella, concisa.

—Yo también te he extrañado —confesó Eneas sujetándole la mano.

Abril se sintió un poco incómoda. Todos los empleados del bar y vecinos la conocían del trabajo y sabían de su relación con Oliver. No quería estar en boca de todos, así que le retiró la mano a Eneas de forma sigilosa.

—¿A qué estás jugando? —Abril sonaba seria—. Tengo pareja desde hace muchos años y se merece un respeto.

Eneas se disculpó, pero lo cierto era que él desconocía la situación sentimental de su acompañante.

—Necesito saber algo, y perdona que sea tan directa, pero me tienes desconcertada…

—Soy bisexual —contestó Eneas antes de que Abril pudiera terminar de formular la pregunta—. Me gustan por igual los hombres y las mujeres.

Abril no sabía qué decir; esa respuesta no se la esperaba. Eneas decidió proseguir:

—Verás, Abril, voy a serte honesto —suspiró—. No sabía que tenías novio, por eso me acerqué a ti. Además, eres la primera chica en años que llama mi atención.

—Me halagas —confesó ella, ruborizada.

La situación se había tornado algo incómoda para ambos. No fueron capaces de articular palabra alguna hasta que terminaron el café y se despidieron.

Abril volvió al trabajo más desconcertada aún de lo que estaba, mientras que Eneas se sentía liberado por haber expresado libremente quién era y lo que sentía.

6

Tras la confesión de Eneas, Abril no volvió a mirar hacia su ventana. Tenía miedo de que sus miradas se cruzaran y no entendía muy bien el porqué. Lo único que tenía seguro era que ese chico le atraía de una forma inexplicable, pero no podía dejarse llevar por sus impulsos debido a su relación con Oliver. Si lo hiciera, sería la peor de las traiciones, y él no se lo merecía. Además, era la primera vez que se sentía atraída por un chico bisexual que, además, trabajaba de *drag queen*.

No podía evitar sentirse extraña. Era cierto que ella solo había tenido una única pareja en su vida, Oliver, y siempre había normalizado tener una relación con un hombre heterosexual sin ni siquiera plantearse que existían otras opciones alrededor.

—Cariño. —La voz de Oliver la liberó bruscamente de sus pensamientos—. ¿Te apetece que vayamos esta noche a cenar y luego a La Escena? Llevo pensándolo desde que me enseñaste las fotos, pero no habíamos coincidido en turnos hasta hoy.

Abril no se sorprendió por esa propuesta; es más, estaba esperando a que se la hiciera. Conocía tan bien a Oliver que sabía que cuando algo le despertaba curiosidad era prácticamente imposible disuadirlo, así que aceptó. Tarde o temprano tenía que afrontar la situación.

Al caer la noche, Abril y Oliver se arreglaron, fueron a cenar a su restaurante favorito y brindaron por una noche especial.

—Hacía tiempo que no salíamos los dos solos —dijo Oliver.

—Es cierto —corroboró Abril—. Entre los trabajos, una cosa y otra, se me había olvidado el placer de salir a cenar juntos.

Se besaron y estuvieron muy acaramelados durante toda la velada. Abril miraba a su chico con ternura y admiración; Oliver siempre había sido todo lo que ella había esperado de un hombre y por eso no entendía lo que le estaba pasando con Eneas.

Al llegar a La Escena, Abril hizo todo lo posible por que se sentaran en una mesa alta lo más alejados posible del escenario. El *show* ya había comenzado y las dueñas del local estaban haciendo un número de comedia musical que tenía a todo el público en pie, entre aplausos y risas.

Esa noche había más gente aún que la última vez que estuvo allí; incluso distinguió un grupo de chicos con bandas y disfraces; seguramente se trataba de una despedida de soltero, ya que uno llevaba los ojos vendados.

Llegó el momento en el que Alhena entraba en escena, tan elegante y exuberante al mismo tiempo. Abril permanecía totalmente hipnotizada con su sensualidad e incluso a Oliver le estaba pasando lo mismo.

—Es aún más impresionante al tenerla delante —comentó Oliver, fascinado.

Abril le dio la razón, pero no sabía cómo gestionar sus emociones en esos momentos. Todo era muy extraño.

Alhena bajó del escenario siguiendo el *show*; se movía entre los clientes envolviéndolos con su encanto, en especial a los chicos de la despedida de soltero que le pidieron que se acercara al novio, aún con los ojos tapados. Las risas cada vez eran más fuertes mientras Alhena le bailaba cerca al homenajeado y lo acariciaba con sus guantes infinitos.

Uno de los amigos le quitó al fin la venda de los ojos y a partir de ahí todo sucedió muy rápido.

El novio empujó a Alhena, que cayó sobre un grupo de chicas que la sujetaron. El bullicio y los gritos de la gente eran cada vez más altos. El novio salió corriendo del local, pero lo más sorprendente fue que Alhena salió detrás. Nadie entendía qué era lo que estaba pasando.

Abril estaba muy preocupada por Alhena. ¿Y si ese tipo volvía a agredirla?

Oliver tenía a su chica rodeada con sus brazos para evitar cualquier tipo de empujón debido al caos que se acababa de formar. Una de las dueñas del local habló por el micrófono para intentar calmar a la clientela, pero la mayoría de curiosos salieron a la calle para intentar seguir el chisme.

Abril consiguió tirar de Oliver para salir de allí. Necesitaba saber que Alhena estaba a salvo.

—¡No vuelvas a acercarte a mí en tu vida! —gritaba el protagonista de la despedida de soltero, muy alterado.

Alhena intentaba acercarse a él, llorando desconsolada por cada rechazo que recibía. Finalmente, se rindió y se desplomó en el suelo mientras el susodicho se alejaba con su grupo de amigos.

Abril se zafó de Oliver en un impulso y se lanzó a abrazar a Alhena. Oliver no supo muy bien cómo reaccionar, así que se dedicó a contemplar la escena.

—¿Estás bien? ¿Te ha hecho daño? —le preguntó Abril, preocupada.

Alhena la miró con los ojos encharcados, pero no pudo evitar sonreír al descubrir que era Abril quien la abrazaba con fuerza.

—Lo siento por el espectáculo —dijo Alhena, disculpándose mientras se incorporaba—. Tengo que irme.

Y así fue; Alhena se perdió entre las sombras de la noche dejando a Abril con una angustia en el pecho algo difícil de explicar.

—¿Todo bien? —preguntó Oliver al volver junto a su chica.

—Sí, cariño… Es que no he podido evitar sentir lástima por ella.

—Lo cierto es que ha sido muy desagradable lo que ha pasado; a mí se me ha cortado el cuerpo.

—Mejor volvamos a casa —dijo Abril, con tono triste.

Esa madrugada, tras cerrar el local, Lucas y Gonzalo fueron a toda prisa a buscar a Eneas, que se había ido a refugiar a su apartamento para poder llorar libre y desconsoladamente durante horas.

—Eneas, sentimos mucho todo esto —dijo Lucas mientras lo abrazaba.

Eneas, aún sin haberse desmaquillado, lloraba sin consuelo. Sus amigos lo abrazaron con fuerza e intentaron animarlo.

—Jamás pensé que Borja me atacaría de esa forma —logró decir al fin. Lucas y Gonzalo se miraron sin saber lo que decir. Eneas continuó—: Menuda manera de encontrarnos después de tantos años… Y además en su despedida de soltero… —suspiró—. Se casa… El hombre al que tanto quise, y por el que estaba dispuesto a darlo todo, se casa con otra persona.

—Es lo mejor que te puede pasar —dijo Lucas, tajante—. Borja te destrozó la vida, lo mejor que puede hacer es casarse y desaparecer de tu vida para siempre.

Borja, pese a haber sido el primer amor de Eneas y haber estado varios años juntos, nunca había aceptado su condición homosexual y siempre había querido llevar su relación en secreto, sin que nadie estuviera al tanto. Eneas, en cambio, siempre luchó por su libertad, enfrentándose incluso a su familia para poder vivir la vida que quería. Borja eso nunca lo compartió: él quería que la gente los viera como amigos y que fueran pareja solo en la intimidad, y, mucho menos, podía aceptar que Eneas se transformara en Alhena por las noches.

Finalmente, terminó rompiendo con todos los años de relación que llevaban para poder llevar una vida heterosexual en la que seguramente nunca sería tan pleno ni tan feliz, pero que se ajustaba a los cánones de relaciones que normalizaban en su entorno.

Pero lo peor fue que el día que todo se desencadenó, estaban en casa de la familia de Eneas. Él pretendía que su familia entendiera que se amaban y que querían estar juntos, pero ellos se negaban a aceptarlo, al igual que Borja, que les aseguró que Eneas era homosexual y que estaba enamorado de él, pero que nunca habían tenido relación alguna más allá de una amistad.

Aquel día, Eneas perdió tanto a la persona que amaba como a su familia, que lo repudió y lo echó de casa como si de un perro pulgoso se tratase. Si no llega a ser por Lucas y su familia, que siempre estuvieron ahí para ayudarlo, a saber cuál hubiera sido el destino de Eneas. Qué duro era cada vez que todos aquellos recuerdos invadían su cabeza, pero formaban parte de su historia y eso era algo que no podía cambiar.

Aquella noche, Lucas y Gonzalo durmieron abrazados a su amigo Eneas, que finalmente se quedó dormido, agotado de tanto llorar.

Abril, por su parte, apenas pudo pegar ojo. Miraba a Oliver y envidiaba el sueño tan profundo que tenía. No se quitaba de la cabeza la escena tan desagradable que habían vivido.

«Pobre Eneas —pensó—, seguro que tenía un sufrimiento muy grande en su interior para haber tenido esa reacción tan desmesurada con respecto a su agresor».

Lo había vuelto a tener entre sus brazos, aunque esta vez había sido ella quien lo rodeaba a él. ¿Por qué le gustaba tanto la sensación de tenerlo cerca? ¿Acaso estaba sintiendo algo más que atracción por él? Su cabeza en esos momentos era un huracán de emociones que no sabía identificar.

De pronto, Oliver le puso el brazo sobre el vientre y, entre sueños, la besó con dulzura. Le encantaba cuando lo hacía, así que le devolvió el beso. Necesitaba relajarse para poder conciliar el sueño, así que se esmeró en que el beso fuera apasionado mientras le palpaba la entrepierna, consiguiendo el efecto esperado en cuestión de segundos. Esa noche, Oliver la embistió como nunca, haciéndola olvidar todo lo que le rondaba por la cabeza y dejándola tan sumamente relajada, tras llegar juntos al clímax, que durmió placenteramente hasta el amanecer.

7

Lucas y Gonzalo llevaban juntos desde hacía ya cinco años. Se conocieron estudiando en la universidad y se enamoraron perdidamente. Al principio les costó decidirse con lo del local, pero después de darle muchas vueltas y creer firmemente en lo felices que les haría vivir y trabajar de lo que les apasionaba, se armaron de valor e inauguraron La Escena. Y, pese al miedo que tenían al rechazo del pueblo, la gente lo acogió con tanta alegría y entusiasmo que no había fin de semana que no se llenara. Además, atraía a muchísimos turistas y gente del colectivo que vivía por los alrededores.

Mantenían una relación liberal, lo cual no mucha gente entendía, pero ellos eran felices y vivían su amor y su sexualidad plenamente, sin tapujos. Eneas siempre los había admirado en todos los aspectos, siempre había deseado vivir un amor así, pero no había tenido suerte.

Esa mañana, cuando Eneas despertó, se encontró solo en la cama. Sus amigos no estaban a su lado, pero no tardó en adivinar que se encontraban juntos en la ducha, ya que se escuchaban leves jadeos.

La situación le resultó excitante: sus amigos estaban teniendo sexo en su ducha. Así que no pudo evitar acercarse a la puerta del baño para escuchar los gemidos con más claridad. Lo estaban pasando bien y Eneas notaba cómo el bulto de su entrepierna crecía por momentos.

En un impulso, abrió la puerta y los descubrió en pleno acto: Lucas estaba penetrando a Gonzalo. Se hizo un silencio bastante incómodo. La pareja cruzó miradas, pero no tenían intención de parar.

Eneas tragó saliva, no les dijo nada, solo siguió masturbándose frente a ellos. De pronto, la situación se tornó aún más cálida y morbosa.

—Eneas, ven… —dijo Lucas, con la voz temblorosa—. Acércate.

Eneas se acercó lentamente, siguiendo la orden de Lucas. De repente, se encontraba entre sus dos amigos, que se lo comían a besos y lo llenaban de caricias. Ninguno de los tres podía parar, así que se dejaron llevar hasta llegar al final.

—¿Qué hemos hecho? —se preguntaba Eneas, nervioso, durante el desayuno.

—Eneas, tranquilo. No es la primera vez que Lucas y yo estamos con un amigo íntimo —aclaró Gonzalo.

—Solo ha sido sexo —sentenció Lucas—. Lo hemos pasado bien, ¿no?

Eneas había tenido muchísimos tipos diferentes de relaciones sexuales, pero nunca se le habría pasado por la cabeza acostarse con su mejor amigo y su pareja. Se sentía extraño y, tapándose la cara, dijo:

—Ahora me muero de la vergüenza.

Lucas y Gonzalo no pudieron evitar reírse mientras se acercaban a abrazarlo.

—No le des más importancia de la que tiene, nada va a cambiar entre nosotros por esto. Ha surgido así, ninguno lo hemos parado, así que no vale de nada torturarse por ello.

Las palabras de Lucas tranquilizaron a Eneas, que finalmente soltó una risa relajada.

—¡Ya no dormís más conmigo! ¡Cochinos! —exclamó Eneas, bromeando.

Los tres amigos rieron durante un buen rato, normalizando la situación y contando experiencias similares que habían vivido para que el encuentro sexual que habían tenido no tuviera más trascendencia y quedara en una simple anécdota entre ellos.

Cuando Lucas y Gonzalo se marcharon, Eneas se encendió un cigarrillo y se asomó a la ventana. ¿Y si lo que había pasado entre sus amigos y él no había sido más que un desahogo por su reencuentro con Borja? ¿Y si había volcado en ellos, al verlos en pleno acto sexual, las ganas que tenía de tener a Abril en sus brazos? Tenía que dejar de pensar tanto o iba a terminar por caer enfermo.

—¿Cómo estás?

La voz de Abril, que pasaba bajo su ventana, lo hizo volver en sí.

—Bien, gracias. Fue solo un susto —contestó, dedicándole una amplia sonrisa.

—Salgo a las cinco. Si quieres hablar, estoy disponible.

—Perfecto, a las cinco te espero en la puerta del súper.

Abril necesitaba saber más sobre Eneas y estaba dispuesta a despejar todas sus dudas esa misma tarde.

8

Mientras llegaba la hora de su cita, Eneas se dedicó a investigar un poco por internet sobre Borja. No había querido saber nada de él desde su ruptura, pero le había generado muchísima curiosidad saber que se iba a casar. Tecleó su nombre y apellidos y descubrió que sus redes sociales seguían estando activas. En su foto de perfil aparecía junto a una chica morena, de pelo rizado, muy guapa, que mostraba un inmenso anillo en el dedo índice.

Una rabia inmensa se apoderó de Eneas al ver cómo esa chica iba a cumplir el sueño que él mismo tuvo durante tantos años, pero al momento se tranquilizó y sintió lástima por ella, ya que nunca conocería completamente al hombre con el que iba a casarse.

Abril terminó su jornada y Julia le hacía el relevo; había sido un día bastante tranquilo. Eneas la esperaba como le había prometido.

—¿Te apetece dar un paseo por la playa? —propuso ella.

—Me parece perfecto, hace un día espectacular.

Eneas estaba encantado con la compañía, así que cualquier lugar del mundo le parecería bien por el simple hecho de tener a Abril a su lado.

—Anoche me quedé preocupada —dijo Abril, al fin—. ¿Por qué te agredió ese tipo?

Eneas respiró profundo antes de abrirse en canal y contarle a Abril toda su historia. Sabía que tenía novio y que era prácticamente imposible que ella le correspondiera, pero sentía la necesidad de serle claro y no dejarse nada en el tintero. Y así lo hizo. Le contó su relación con Borja, la historia con su familia, le habló de su amistad con Lucas, luego con Gonzalo…

Abril permaneció un rato sin saber qué decir. Lo cierto era que ni por asomo se había imaginado que Eneas llevara todo ese peso a sus espaldas.

—Y después de que Lucas te acogiera en su casa… ¿Cómo seguiste adelante?

—Pues verás, Abril, los padres de Lucas tenían unos amigos en Londres que buscaban camareros para su nuevo restaurante, así que me fui sin pensarlo dos veces. —Suspiró al recordar aquellos tiempos—. Una vez allí me alquilé una habitación en un piso compartido, conocí gente y comencé a convertirme en Alhena por las noches, sacándome un buen dinero extra. Un tiempo después, Lucas y Gonzalo… —Se ruborizó al mencionarlos—. Ellos me ofrecieron volver al pueblo para trabajar en su nuevo local, y lo cierto es que me apetecía muchísimo volver, pese a todo lo malo que había dejado aquí. Así que aquí me tienes, sin parar de luchar por tener una vida digna y libre.

—Eres muy valiente, Eneas. No todo el mundo tiene esa fuerza para seguir adelante.

El paseo por la playa les cundió. Abril conoció con muchísima más profundidad a Eneas, y él también se interesó en saber todo lo posible sobre su cajera favorita.

—No me has enseñado las fotos que hiciste la otra noche —le recordó Eneas—. Seguro que son espectaculares.

—Es cierto, si quieres puedes pasar por casa y te las enseño.

Eneas asintió, pero Abril se arrepintió al momento de haberlo invitado a su casa. ¿Por qué, cuando estaba con él, no podía pensar antes de hablar?

El camino a casa fue algo extraño, ninguno de los dos había pronunciado palabra.

Abril abrió la puerta e invitó a Eneas a pasar. La casa no era muy grande, pero estaba muy bien iluminada y organizada. Ambos estaban nerviosos, era la primera vez que estaban solos en una estancia y la tensión se podía palpar en el ambiente.

Entraron a la habitación, Abril encendió el ordenador y comenzó a buscar las fotografías. Cuando Eneas las vio permaneció fascinado durante varios segundos.

—Abril… Estas fotos son alucinantes. —La miró con admiración—. Deberías exponerlas.

—Me alegra muchísimo que te gusten, la cámara te quiere.

—¿Sí? ¿Y qué tal si me desnudo y me haces una sesión de fotos aquí en tu cama? —preguntó Eneas en tono burlón.

Abril no pudo evitar reírse ante tal ocurrencia, incluso se sonrojó al imaginarse la embarazosa situación.

—No digas tonterías… No sería correcto —dijo Abril, evitando su mirada.

—Pero te apetecería hacerlo… ¿verdad?

Eneas se acercó demasiado. Abril podía sentir el latido de su corazón y su respiración entrecortada. Sentía cómo se acercaba cada vez más, pero no le apetecía apartarse, le gustaba esa cercanía.

Los labios de Eneas rozaron los suyos con delicadeza; eran húmedos y cálidos. Se dejó llevar y le devolvió el beso de forma apasionada. Sus lenguas comenzaron un baile que ellos no deseaban terminar.

—Cariño, ya estoy en casa.

La voz de Oliver los separó al instante. Se miraron sin poder pensar en nada, pero Abril tenía que actuar rápidamente o se podía desencadenar una catástrofe.

—Pasa a la habitación, cariño —dijo, intentando parecer tranquila.

Eneas la miró extrañado, sin saber dónde meterse. Oliver entró en la habitación y su expresión de sorpresa no dejó indiferente a ninguno de los presentes.

—¿Quién es este chico? —preguntó Oliver, sorprendido de ver a otro hombre en su habitación.

—Es Eneas —respondió Abril, rápidamente—. Y también es Alhena durante las noches.

Oliver pareció tardar en comprender la situación, hasta que vio las fotos en la pantalla del ordenador. Eneas tragó saliva; ese parecía ser el día de las situaciones más incómodas de su vida.

—Vaya… —suspiró Oliver—. Siento mi reacción, es que no me esperaba encontrarme en esta situación.

Eneas le extendió la mano, presentándose formalmente.

—Abril me estaba enseñando las fotos tan impresionantes que me hizo la otra noche y le estaba proponiendo que las expusiera, porque son una pasada —dijo Eneas, aparentando normalidad.

Oliver asintió, abrazó a su chica y la besó en los labios con orgullo. Abril estaba a punto de estallar.

—Bueno, pareja, me tengo que ir, que me están esperando. Un gran trabajo, Abril. Y un placer, Oliver. —Eneas había decidido acabar al fin con aquella violenta situación.

—Aquí tienes tu casa, Eneas. El placer ha sido mío —dijo Oliver mientras lo acompañaba a la puerta.

Abril se tocó los labios; aún le ardían por aquel beso en el que Eneas y ella se habían sumergido. Era la primera vez en diez años que traicionaba a Oliver, y lo peor era que no podía sentir culpa.

—Qué majo el chico —comentó Oliver—. Me alegra que hagas buenas amistades.

El mundo de Abril se desmoronaba por momentos, y ella era totalmente consciente de ello.

9

Los días siguientes fueron muy extraños para Eneas. Por un lado, seguía sintiéndose muy incómodo en presencia de Lucas y Gonzalo, aunque ellos actuaban como si nada hubiera pasado, y por el otro lado, había tratado de evitar a Abril a toda costa, pero era inevitable verla pasar bajo su ventana al ir o volver de trabajar. Ella siempre lo veía de reojo asomado en la ventana, pero decidió ignorarlo y no seguir más con aquel peligroso juego que podría destruir la vida que llevaba años creando con mucho esfuerzo.

—Por fin solos —dijo Lucas al entrar al camerino de Eneas—. Gonzalo hoy va a atender la barra mientras nosotros actuamos.

Eneas asintió mientras continuaba maquillándose frente al espejo. Lucas volvió a tomar la palabra:

—Tenemos que hablar seriamente.

—¿Pasa algo? —preguntó Eneas, preocupado.

—Desde que pasó aquello entre nosotros no eres el mismo, te lo noto. ¿Tanto cambia nuestra amistad habernos acostado? Es algo de lo más común, no le des tanta importancia.

Eneas sabía que las cosas no iban a volver a ser iguales; aquel trío iba a marcar un antes y un después en su relación de amistad con Lucas, especialmente.

—Lucas, siento mucha vergüenza cada vez que lo recuerdo. Lo pasé muy bien, pero estoy arrepentido.

Lucas cogió la mano de su amigo y, mirándole a los ojos, le dijo:

—Pasó sin más. Gonzalo y yo estamos enamorados y nos gusta jugar, y ese día jugamos contigo, y tú cediste. ¿Vamos a tirar a la basura toda una vida de amistad por esto? Solo ha sido sexo.

Las palabras de Lucas eran firmes; no tenía duda alguna de lo que sentía y lo defendía con uñas y dientes.

Eneas no supo qué responder y Lucas lo abrazó con fuerza mientras le decía al oído lo mucho que lo querían Gonzalo y él, y que lo último que querían era verlo mal por algo a lo que ellos no le daban importancia. Eneas rompió a llorar desconsolado.

—A ti te pasa algo más —aseguró Lucas—. ¿Es por Borja?

—Lo de Borja me rompió por dentro, no te lo voy a negar… Incluso he visto en sus redes sociales las fotos que cuelga con su prometida… —dijo Eneas—. Pero hay otra cosa que me tiene inquieto —suspiró—. Creo que estoy enamorado de una chica.

Lucas sonrió aliviado, pero Eneas comenzó a explicarle al detalle la situación que estaba viviendo con Abril.

—Lo mejor será que te olvides de ella, Eneas, o vas a sufrir mucho.

Esa noche actuaron juntos como Alhena y Melissa, haciendo levantar al público, como de costumbre.

Abril tampoco había tenido unos días fáciles; había veces que ni siquiera podía mirar a Oliver a la cara. ¿Cómo había sido capaz de llegar tan lejos con Eneas?

Se sentía tan avergonzada y necesitaba tanto desahogarse con alguien, que en cuanto tuvo oportunidad se encerró con Julia en el almacén y le contó lo del beso.

—Me estás dejando alucinada, Abril. Jamás me lo hubiera imaginado.

—¿Qué hago, Julia? ¿Se lo cuento a Oliver? Es que no puedo ni sostenerle la mirada.

Abril sonaba desesperada, pero Julia intentó calmarla:

—Yo, si fuera tú, no se lo diría, sinceramente. Además, solo ha sido un beso, ni que os hubierais acostado.

—Pero, Julia, nunca lo he engañado y me siento fatal.

—Abril, piensa que si le dices la verdad podrías perderlo para siempre. Sé que suena mal, pero sigue tu vida; no vas a estropearlo todo por un beso… ¿O acaso hay algo más?

Abril tragó saliva antes de confesar a Julia lo que había empezado a sentir por Eneas y todos los encuentros que habían tenido desde que se conocieron.

—¡Ay, amiga! —exclamó Julia—. Si hay sentimientos de por medio más allá de una simple atracción, vas a tener que tomar una decisión importante en tu vida. Todo no se puede tener.

Abril sabía que Julia tenía toda la razón del mundo y se negaba a renunciar a Oliver para dejarse llevar por su deseo hacia Eneas. Tenía que poner punto final a esa historia cuanto antes.

Julia la abrazó con fuerza antes de volver al trabajo; había demostrado ser una gran amiga que siempre estaba dispuesta a escucharla y aconsejarle de la mejor manera posible.

Aquella noche, al llegar a casa, Oliver le había preparado su cena favorita. Comieron y bebieron mientras charlaban de cómo les había ido el día en el trabajo. Después vieron un programa de televisión acurrucados en el sofá hasta que Oliver se quedó dormido. Abril lo admiró durante un buen rato pensando en que efectivamente era el hombre de su vida y era muy feliz a su lado. Lo besó con dulzura y se quedó dormida abrazada a él.

Eneas iba de vuelta a casa, ya de madrugada, tras haber terminado el *show*, pensando en su conversación con Lucas. Lo cierto era que se sentía muchísimo más tranquilo después de haber soltado todo lo que llevaba dentro.

De pronto, de entre los callejones apareció la oscura silueta de un hombre al que Eneas no tardó en reconocer. Se trataba de Borja.

—¿Qué haces aquí? —preguntó Eneas, extrañado.

—Te he seguido al salir del local.

Eneas recordó la forma en la que lo agredió la vez pasada e inconscientemente retrocedió un par de pasos.

—No puedo dejar que me arruines la vida que tanto me ha costado formar —dijo Borja, tajante.

—Borja. —La voz de Eneas temblaba—. Yo no tengo intención de hacer nada, de verdad.

Borja se acercó a Eneas y le susurró al oído:

—Lo siento, no puedo arriesgarme a que mi futura esposa y su familia se enteren de mi pasado.

Y tras pronunciar esas palabras, Borja sacó una navaja que llevaba en el bolsillo y se la clavó a Eneas en el estómago con todas sus fuerzas.

10

Borja siempre fue el chico más popular del instituto; todas las chicas suspiraban por él. Eneas lo observaba y normalmente se sonrojaba al sentirse descubierto, pero Borja nunca le reclamó nada. Salió con un par de chicas, pero ninguna de ellas solía tener buenas palabras para él cuando lo dejaban, aunque Eneas siempre pensó que se debía a simple despecho.

Un día, Borja defendió a Eneas de un grupo de chicos que lo estaban acorralando al grito de «¡maricón!», y lo único que consiguió fue que lo metieran a él en el mismo saco. Por ese motivo, Borja comenzó a volverse más agresivo de la cuenta y no toleraba ni siquiera una mala mirada del resto de sus compañeros. Todos le temían.

Eneas, que era totalmente consciente de la situación, aprovechó un momento en el que ambos estuvieron a solas para darle las gracias por haberlo protegido de aquel grupo de acosadores. Borja le sonrió y le acarició la barbilla con dulzura tras decirle: «Si no comes, te comen».

Tras aquel gesto, que Eneas interpretó como cariñoso, intentó acercarse a Borja siempre que lo veía solo, sabiendo que de otro modo podía comprometerlo, y no quería causarle más problemas de los que ya tenía, y Borja lo notaba. Le daba ternura ver cómo aquel chico al que había ayudado lo comprendía y actuaba de manera prudente para no perjudicarlo.

Con el paso del tiempo, Borja comenzó a confiar en Eneas, creando su propio espacio para ellos solos en un rincón de la playa, tras unas enormes rocas, donde nadie podía verlos. «Te protegí aquel día porque soy como tú». Le confesó un día cualquiera mientras contemplaban el horizonte. Eneas, que algo había percibido, reaccionó apoyando la cabeza sobre su hombro.

Era una sensación nueva para los dos, pero se sentían tan bien juntos que no querían privarse de disfrutar el uno del otro. Y así, poco a poco, llegaron las caricias, las manos entrelazadas, los besos furtivos, las primeras relaciones sexuales…

«Esto tiene que quedar entre nosotros» —repetía Borja cada vez que algo entre ellos sucedía. Eneas asentía; no quería perderlo. Pero lo cierto era que con el paso del tiempo sus necesidades fueron cambiando: Eneas no quería vivir escondido de por vida.

Cansados de no tener intimidad, Eneas convenció a Borja de presentarlo en su casa como un amigo y así podrían pasar tiempo juntos en su habitación mientras su familia pensaba que estarían estudiando.

—Borja, si nos queremos… ¿por qué no podemos salir como una pareja normal?

Eneas estaba cansado de tener que esconder lo que sentía; no estaban cometiendo ningún delito. Pero la respuesta de Borja siempre era una negativa llena de miedos.

—En mi familia no hay maricones y no pienso ser el primero —dijo Borja un día, con lágrimas en los ojos.

Eneas lo abrazaba y lo llenaba de besos, intentando hacerlo entender que la homosexualidad hacía años que era totalmente legal y podían sentirse libres de quererse sin tapujos, pero Borja se negaba a aceptarlo.

—Si me sigues agobiando, vas a terminar perdiéndome.

Y así comenzaron las amenazas y el chantaje emocional.

El día que todo reventó fue cuando Eneas le confesó a Borja que soñaba con ser transformista. Ese día, Borja montó en cólera, haciéndole entender a Eneas que si daba ese paso él no pensaba apoyarlo, ya que se avergonzaría muchísimo de él.

Eneas perdió los papeles por completo y gritó a los cuatro vientos en su casa lo que sucedía entre ellos, pero Borja lo desmintió, haciéndole ver a toda su familia que era Eneas quien intentaba sobrepasar los límites con él.

Desde aquel día, a Eneas se le desmoronó todo su mundo, ya que, aparte del rechazo de la persona a la que amaba con todo su ser, también recibió el rechazo y los malos tratos de su propia familia, que lo dejó tirado en la calle como si de un perro se tratase.

Borja nunca más quiso volver a ver a Eneas; se sentía traicionado y lo único que le preocupaba era que su orientación sexual no fuera descubierta.

De ese modo, Borja comenzó una vida de relaciones heterosexuales de cara a la galería, mientras de la forma más discreta y secreta posible, seguía satisfaciendo sus necesidades sexuales con chicos que buscaban lo mismo que él.

Pero el regreso de Eneas al pueblo había hecho sentir que su seguridad se tambaleaba, y más ahora que estaba a punto de casarse con una buena mujer que lo quería y lo cuidaba como solo Eneas había hecho en un pasado que a él ya le parecía extremadamente lejano; por eso, había decidido matarlo. No podía dejar bajo ningún concepto que su secreto saliera a la luz.

Eneas sintió cómo la fría y afilada hoja de la navaja atravesaba su abdomen. Seguidamente, escuchó cómo Borja se alejaba de allí a paso ligero.

Lo último que sintió antes de desvanecerse fue cómo alguien lo sujetaba entre sus brazos y pedía auxilio de forma desesperada.

Finalmente, todo se tornó negro.

11

—Buenos días, equipo.

Como cada mañana, Abril llegó a la tienda con su mayor sonrisa. Pero aquel día el ambiente estaba bastante más cargado de lo habitual.

—¿Te has enterado? —le preguntó Julia, abordándola contra la taquilla.

—¿De qué? —Abril estaba desconcertada.

—Anoche apuñalaron a un chico aquí en el barrio, la gente no habla de otra cosa.

A Abril se le erizó hasta el último vello del cuerpo.

—Pero ¿qué está pasando en este barrio? Robos, puñaladas… ¿dónde vamos a llegar? —Suspiró—. ¿Y qué se sabe del chico? ¿Cuál es su estado?

Julia la informó de que al parecer se había tratado de un ajuste de cuentas y que una vecina lo encontró tirado en el suelo desangrándose. Según decían los vecinos, la ambulancia apenas tardó en trasladarlo al hospital y, aunque seguía con vida, estaba muy grave.

—Vamos a tener que andarnos con mil ojos a partir de ahora —sentenció Julia tras terminar con el chisme.

—¿Y se sabe quién es el chico? —Abril tuvo un mal presentimiento tras formular esa pregunta.

—Dicen que es nuevo por aquí; nadie sabe mucho más de él.

Un clic sonó en la cabeza de Abril… ¿sería posible lo que estaba pensando?

—Julia, necesito que me cubras en caja; tengo que comprobar algo.

Abril salió corriendo de la tienda dejando a Julia con la boca abierta, sin tiempo de reaccionar.

Al llegar bajo la ventana de Eneas comenzó a gritar su nombre desesperada. No podía ser él. No podía.

—¡Eneas, asómate, es importante!

Una mano se posó sobre el hombro de Abril y una voz rota de dolor dijo:

—Eneas no está.

Abril se encontró de frente con un chico algo mayor que ella, de muy buen ver, pero con un aspecto de lo más deplorable. Lucas tenía los ojos completamente hinchados y la mirada perdida en un mar de lágrimas que no cesaba.

—¿Dónde está? —preguntó Abril con la voz temblorosa.

—Entre la vida y la muerte…

Las peores sospechas de Abril acababan de hacerse realidad: Eneas era el chico apuñalado.

—¿Cómo es posible? —logró preguntar—. ¿Quién ha sido?

—No sabemos nada… —dijo Lucas, entre sollozos—. Lo encontró una vecina cuando lo acababan de atacar, llamó a la ambulancia y lo operaron de urgencia. Ha perdido muchísima sangre, aunque ningún órgano ha sido dañado y han logrado estabilizarlo.

Abril sintió un terror tremendo al pensar que quizás no volvería a ver a Eneas.

—¿Podría verlo? —Más que una pregunta, parecía un ruego.

—Si sigue estable, esta tarde lo pasarán a una habitación a esperar a que despierte. Eres Abril, ¿verdad? —Lucas imaginó que ella era la chica de la que Eneas le había hablado.

—Sí. ¿Eneas te ha hablado de mí? —Abril sonó sorprendida.

—Yo soy Lucas, su mejor amigo, un placer. —Se dieron dos besos—.Y sí, Eneas me habló de ti y seguro que le vendría genial sentirte cerca en estos momentos.

Abril no pudo evitar esbozar una leve sonrisa al saber que iba a poder ver a Eneas esa misma tarde.

Quedaron en verse más tarde en el hospital, se despidieron con un abrazo, dándose ánimos mutuamente.

Abril volvió al trabajo, triste y cabizbaja, y le contó a Julia que la víctima de aquella puñalada no era otro que Eneas. Su compañera no podía creer que fuera precisamente él, y abrazó a Abril con todas sus fuerzas, consolándola.

Por su parte, Lucas estuvo meditando mucho el hecho de avisar a la familia de Eneas sobre lo que había pasado. Quizás al saber que Eneas estaba entre la vida y la muerte lo mirarían con otros ojos y desearían acercarse a preocuparse por su estado de salud. Descolgó el teléfono, buscó el número en su agenda y llamó sin pensarlo.

Al llegar el mediodía, Abril salió a toda prisa hacia el hospital: la mañana le había parecido eterna. Oliver estaba trabajando, así que ni siquiera tenía que inventarse una excusa para no volver a casa tras la jornada laboral. Lo único que le preocupaba era ver a Eneas sano y salvo.

—Abril, aquí. —Lucas la divisó nada más entrar y le indicó que se acercara a la puerta de la habitación.

Desde la puerta pudo verlo, tumbado en la camilla y aparentemente dormido, pero no estaba solo: un hombre y una mujer de avanzada edad se encontraban junto a él.

—¿Son sus padres? —preguntó Abril, curiosa.

Lucas asintió y ambos se miraron con tristeza al pensar que no podían haber tenido un reencuentro más desafortunado después de tantos años.

—Dudé en llamarlos, pero finalmente pensé que tenían derecho a saberlo…Y aquí están.—confesó Lucas—. ¿Te traigo un café?

Abril le aceptó el café a Lucas y, mientras, se quedó sola sin atreverse a interrumpir ese momento familiar, vio algo que le resultó un tanto extraño: el padre de Eneas iba a posar una mano sobre la de su hijo cuando su madre lo impidió.

—No te atrevas a tocarlo —dijo la señora, firme—. Todo esto es por tu culpa.

La joven no pudo evitar contemplar toda la escena: el hombre se apoyó contra la ventana mientras la mujer tomaba la mano de su hijo y la besaba con dulzura.

—Ojalá algún día puedas perdonarme… —Y tras esas desgarradoras palabras, la madre de Eneas rompió a llorar desconsolada.

Entonces Abril decidió ir al encuentro de Lucas y tomar ese café con él mientras la familia tenía su momento de intimidad en el que ella no pintaba absolutamente nada.

Lucas, entre lágrimas, le contó a Abril toda su relación con Eneas y eso hizo que ella también se emocionara al conocer un poco más de ese chico por el que tantas cosas estaba sintiendo.

—Los padres de Eneas acaban de salir a tomar algo, ¿quieres pasar a verlo?

Abril aceptó encantada la propuesta de Lucas, y tras haber pasado un buen rato charlando con él, al fin pudo hacer lo que llevaba deseando desde esa mañana: tener a Eneas cerca.

Le tomó la mano nada más entrar a la habitación y se la besó intensamente.

—Eneas, soy Abril. No sé si me escuchas, pero he venido a pedirte por favor que luches… —Tragó saliva y suspiró—. Sé que nos conocemos poco, pero siento cosas por ti que ni siquiera puedo explicar… Solo sé que quiero seguir teniéndote en mi vida.

De repente, la mano de Eneas apretó la de Abril, entreabrió los ojos y los labios y logró decir:

—Tranquila, tu modelo favorita aún tiene mucha guerra que dar.

Los ojos de Abril se encharcaron en lágrimas, llamó rápidamente a Lucas y a las enfermeras. Eneas estaba vivo, y eso la hizo muy feliz.

Todo pasó muy rápido: de repente un par de enfermeras entraron a comprobar que todo estuviera correcto; seguidamente entraron los padres de Eneas, extremadamente nerviosos. Eneas, al verlos, entró en *shock* y comenzó a convulsionar. Tuvieron que desalojar la habitación para intentar estabilizarlo. Fueron momentos de máxima tensión en los que Lucas y Abril permanecieron todo el tiempo abrazados y consumidos por el miedo a lo que pudiera pasar, al igual que los padres de Eneas.

Cuando una de las enfermeras salió de la habitación, parecía haber pasado una eternidad:

—Hemos logrado estabilizar al paciente —dijo, directa—. Pero no quiere ver a sus padres, así que les recomendaría que respeten su decisión o su salud podría empeorar.

Esas palabras cayeron como una jarra de agua fría sobre Lucas, ya que él los había llamado en un arrebato y no podía evitar sentirse culpable de lo que estaba pasando. Así mismo, el matrimonio se marchó con la cabeza gacha y desprendiendo un gran sentimiento de tristeza y desasosiego.

Abril siguió abrazando y consolando a Lucas durante un buen rato. Finalmente, ambos decidieron irse a descansar, y así dejar descansar también a Eneas. Las enfermeras quedaron al pendiente de avisar a Lucas de cualquier cambio en el estado de salud de su amigo.

Esa noche, Abril no podía apartar de su mente esa frase que había oído de la madre de Eneas hacia su marido: «No te atrevas a tocarlo. Todo esto es por tu culpa.» Y se preguntaba qué habría querido decir con eso. Ella tenía entendido que ambos lo habían rechazado por su condición. Algo en aquella historia no le cuadraba, y su mente inquieta no dejaba de intrigar.

Aunque, por otro lado, Oliver también necesitaba de la atención de su chica ya que había tenido un día de bajón y lo único que le nacía era llorar mientras la abrazaba. Ese día se había acordado de su madre especialmente, no levantaba cabeza y Abril lo único que podía hacer era estar ahí y ofrecerle un hombro en el que llorar.

Lo cierto era que su suegra no había sido una mujer fácil, tenía mucho carácter y había tomado muchísimas decisiones equivocadas en su vida y con respecto a su hijo, pero aun así había tenido un gran corazón y había dejado un vacío muy grande en la vida de Oliver que no sabía si en algún momento de su vida lo podría superar.

Finalmente, Oliver se quedó profundamente dormido en los brazos de su chica, con los ojos humedecidos. Abril lo besó con dulzura y lo acomodó para que descansara lo mejor posible… Lo quería y le preocupaba, pero el bienestar de Eneas en ese momento le preocupaba más aún y no podía evitar sentirse la peor pareja del mundo.

12

Eneas, al fin consciente y recuperándose, se pasaba las horas recordando cómo Borja había tratado de terminar con su vida. ¿Cómo podía odiarlo tanto? ¿Tanto daño le había hecho con su amor?

No podía evitar beberse sus propias lágrimas al revivir el momento en que lo apuñaló sin piedad… Pero no había reunido el valor suficiente para acusarlo, todos pensaban que se había tratado de un atraco.

Cuando despertó y comenzó a reaccionar, hablar y moverse, el hospital tuvo que contactar con la policía para tomar la declaración pertinente. Eneas mantuvo que lo atracaron en la oscuridad y que no había reconocido a su agresor. No quería volver a cruzarse con Borja, ni siquiera en un juicio. Si el que había sido el amor de su vida había sido capaz de llegar tan lejos, le daba pánico pensar qué haría si lo denunciara, así que prefirió dejar las cosas como estaban, intentar recuperarse a la mayor brevedad posible y continuar con su vida, aunque tampoco iba a resultarle fácil a partir de aquel momento.

Lucas seguía yendo cada día al hospital a visitar a su amigo, pero Eneas estaba demasiado molesto con él por haber avisado a sus padres y no le dirigía la palabra. La situación se había tornado de lo más incómoda y Lucas, asumiendo su culpa, aguantó todos los desprecios que Eneas le hacía continuamente, demostrando su enfado y decepción.

—Confiaba en ti y me has traicionado —le dijo cuando al fin tuvo fuerzas para hablar.

Esas palabras resonaban en la cabeza de Lucas como un eco infinito. Era cierto que en un momento de desesperación lo único que se le ocurrió fue contactar con la familia de Eneas, a sabiendas de su relación, pero eso solo provocó que Eneas empeorara y casi muriera, por lo que Lucas se sentía tremendamente culpable.

Lo único que animaba a Eneas eran las visitas diarias de Abril, que no faltó ni un solo día mientras duró su estancia en el hospital. Con ella se olvidaba del mundo, reían, hablaban de chismes, de las enfermeras, de algún que otro paciente problemático… Abril le daba vida a Eneas y gracias a ella, sus ganas de recuperarse y salir de allí crecían por momentos. Pero cuando ella le preguntó por lo sucedido, tampoco fue capaz de contarle la verdad; prefería mantenerla al margen de aquella historia. Lo que sí le contó, en cambio, fue el enfado que tenía con Lucas.

—Creo que eres injusto con él —dijo Abril con toda la sinceridad del mundo mientras le sujetaba la mano.

Pero Eneas no pensaba bajarse del burro, así que Lucas decidió no ir más por el hospital y darle a su amigo tiempo para pensar y ver las cosas con calma; quizás así llegaría a entenderlo en algún momento.

—¿Sabes? No dejo de pensar en tus labios… —confesó Eneas en una de las visitas de Abril.

—Eneas, ya sabes que eso fue un error. —Suspiró—. Tú y yo somos amigos, y yo tengo pareja. Ese beso no se puede volver a repetir.

—¿Por eso vienes todos los días a verme? ¿Porque soy tu amigo?

Abril se ruborizó. Le costaba aceptar que Eneas le gustaba y que sentía cosas muy fuertes por él. Luchaba cada día con todas sus fuerzas contra esos sentimientos.

—Vengo porque te aprecio y porque me preocupas, pero no esperes más de mí.

Abril fue tajante en su respuesta, y a Eneas no le quedó más opción que aceptar su decisión. Prefería tenerla cerca como amiga y disfrutar de su compañía a perderla para siempre.

Aunque por su parte, Oliver seguía desconociendo la relación entre su novia y Eneas, ya que ella siempre aprovechaba cuando él trabajaba para sus visitas.

Así pasaron un par de semanas hasta que Eneas al fin fue dado de alta.

—¿Ya estás listo para volver a casa? —preguntó Abril mientras lo ayudaba a incorporarse.

—Me muero de ganas de salir por fin de este hospital.

—Lucas nos va a recoger ahora y no acepto una negativa. —Abril sonó seria y Eneas prefirió no llevarle la contraria.

Lucas los esperaba justo a la salida del hospital, y cuando los vio, no pudo evitar abrazar a su amigo y darle un beso en la mejilla. Eneas se rompió por dentro y le devolvió el abrazo. Ambos rompieron en un mar de lágrimas mientras Abril, emocionada, contemplaba la escena con una sonrisa de oreja a oreja.

—Siento mucho lo que hice, estaba desesperado… Pensé que te perdía…

Las disculpas de Lucas ya no eran necesarias, Eneas lo quería y en el fondo no le tenía rencor… Su enfado real no era con él, sino con sus padres.

—Perdóname tú a mí, Lucas. No te mereces cómo te he tratado. He sido un imbécil. Eres el mejor amigo que alguien podría tener.

Lucas, con una enorme sonrisa y aún con lágrimas en los ojos, le pasó la mano por encima del hombro y lo guio hacia el coche. Las aguas parecían volver a su cauce.

—¿Me habéis extrañado? Porque en unos días Alhena tiene que volver a pisar los escenarios.

La fuerza de Eneas era admirable, Abril se cuestionó cómo podía estar pensando en eso cuando aún estaba convaleciente, pero cayó rápidamente en la cuenta de que el *drag* formaba parte de su vida y que trabajar en ello lo hacía feliz y eso era lo único importante en esos momentos.

De repente, el sonido de varios coches tocando el claxon disipó a Abril de sus pensamientos.

—¿Qué pasa? ¿A qué se debe tanto escándalo? —preguntó.

—Parece ser que se trata de una boda —dijo Lucas.

Efectivamente. Se les cruzó por delante un carruaje de caballos; los novios saludaban a todos con alegría y entusiasmo. Eneas y Lucas tragaron saliva y se miraron casi sincronizados al reconocer a Borja en el carruaje. Se acababa de casar, y allí estaba, frente a ellos mostrando su felicidad. Eneas ya no lo podría volver a ver como el hombre al que tanto amó… Si no como el hombre que lo quiso matar.

Abril se percató de que algo extraño pasaba, pero prefirió ser prudente y no enturbiar ese momento.

La imagen de Borja recién casado se había quedado grabada en la retina de Eneas y no pudo apartarlo de su mente hasta que llegó a casa, donde los esperaba Gonzalo con un ramo de flores, globos y unos ricos pasteles de bienvenida. Eneas estaba feliz de estar en casa de nuevo, con su gente. Los contempló a los tres y se sintió el hombre más afortunado del mundo: pese a no tener relación alguna con su familia, tenía unos amigos que valían oro y a los que no cambiaría por nada del mundo.

Estuvieron un rato charlando, riendo y disfrutando de aquel momento, hasta que Abril anunció que se tenía que marchar.

—¿Vendrás a visitarme también a casa? —Eneas puso cara de cordero degollado.

—No sé yo, tendré que pensarlo. —Abril fue sarcástica y se marchó lanzándoles un beso a los tres amigos y dedicándole una burla a Eneas, especialmente.

Aquella pesadilla parecía haber terminado al fin y ahora le tocaba volver a su rutina y a su realidad.

Ya no podía ni debía estar tan pendiente de Eneas; debía esforzarse porque su relación con Oliver siguiera por buen camino y llegara a buen puerto.

Al llegar a casa decidió cocinar el plato favorito de su chico; quería sorprenderlo y crear un ambiente cálido entre ambos.

—¡Huele que alimenta! —exclamó Oliver al entrar por las puertas aquella noche.

—Tu plato favorito te espera… —dijo Abril en un tono muy sugerente.

Oliver la abrazó y la besó con ganas. La extrañaba durante el día y le encantaba sentirla cerca en las noches.

—Creo que no voy a poder esperar al postre… —confesó.

Se besaron apasionadamente e hicieron el amor contra la encimera de la cocina, sin pensarlo, como dos adolescentes con las hormonas revolucionadas que están deseando alcanzar el clímax rápidamente.

—Ha sido increíble —dijo Oliver, aún jadeando, tras terminar.

—Tenía muchas ganas de sentirte, mi amor —confesó Abril—. Llevabas unos días algo distante.

Oliver asintió y se disculpó con su chica, mientras le sujetaba las manos y se las besaba con delicadeza.

—La pérdida de mi madre ha sido demasiado para mí, y me está costando muchísimo superarlo. Espero que puedas tener paciencia conmigo... Yo te prometo que intentaré que no me afecte tanto.

Abril lo abrazó con fuerza y le susurró al oído que podía contar con ella para todo, que siempre estaría ahí para él.

—Creo que necesito ayuda psicológica, cariño. Estoy cayendo en una depresión y posiblemente aún esté a tiempo de encauzar mi vida.

Lo último que Abril hubiera esperado eran esas palabras de Oliver, pero debía reconocer que ella misma lo había pensado en más de una ocasión y se sentía muy orgullosa de que se hubiera dado cuenta.

13

Los días siguientes fueron bastante intensos: Abril estuvo doblando turnos en el trabajo debido a la baja repentina de un compañero; Oliver comenzó sus primeras sesiones con una psicóloga familiar que encontró en internet y de la que había leído increíbles recomendaciones; y Eneas, junto a Lucas y Gonzalo, estuvieron aprovechando su tiempo libre en casa para crear los nuevos *shows* de Alhena y programando su vuelta a los escenarios.

—Estoy agotada —dijo Abril al terminar el primer turno.

—Normal, llevas ya una semana doblando turno, tía. Eso no es vida —sentenció Julia mientras se encendía el cigarrillo en la puerta del súper.

—Voy a casa a comer con Oliver, a ver qué tal le ha ido hoy en la sesión y vuelvo en un rato.

Se despidieron con un beso en la mejilla y Abril salió disparada en dirección a su casa.

—¡A ver cuándo te pasas a verme, que me tienes olvidado! —gritó Eneas desde su ventana al verla pasar.

Abril, con una mueca y un «en cuanto tenga algo de tiempo libre me paso», siguió su camino sin mirar atrás. Lo cierto era que lo extrañaba, pero su prioridad en esos momentos era el bienestar de Oliver.

Eneas suspiró al verla desaparecer al torcer la esquina. No podía sacarla de sus pensamientos.

¿Por qué siempre que se enamoraba tenía que ser todo tan difícil? ¿Por qué no podía encontrar a alguien y mantener una relación fácil y sana como la de sus amigos? Su cabeza iba a estallar de tanto pensar, necesitaba volver al trabajo y volcar sus energías en hacer lo que más le gustaba.

La imagen de sus padres entrando en la habitación del hospital le rondaba por la cabeza más de lo que le gustaría. ¿De verdad se habían preocupado por su estado? Le costaba muchísimo creer que a dos personas que habían abandonado a su hijo a su suerte les importara su destino. Aunque en el fondo de su ser tenía ganas de enfrentarlos, tanto a ellos como a sus hermanos que tan cobardes habían sido.

El dolor tan grande que Eneas sentía cada vez que pensaba en su familia era indescriptible. ¿Cómo era posible que le doliera tanto la ausencia de unas personas que lo habían rechazado y se habían olvidado de su existencia? No se lo merecían, pero era algo inevitable.

Para dejar de pensar en todo aquello que tanto lo perturbaba, decidió sentarse frente al espejo y experimentar con nuevas formas y colores en el lienzo de su rostro: Alhena tenía que volver renovada y con más fuerza que nunca.

Mientras tanto, Abril y Oliver comían juntos y hablaban de cómo les había ido el día. Oliver estaba muy contento con la terapia que estaba recibiendo y Abril no podía sentirse más feliz por él.

—Lo cierto es que me hace pensar y ver las cosas de otra manera, y, aunque mi madre era muy importante para mí y la extraño con todo mi ser, ella no querría verme así. Tengo que centrarme en todo lo bueno que la vida me ofrece a diario, no dejarme inundar por el dolor de su pérdida, y aprender a vivir con su ausencia, aunque su recuerdo siempre vaya conmigo.

—Tienes que pasar tu duelo, mi vida. —Abril sonaba relajada y comprensiva ante las palabras de Oliver. —Y lo importante es que lo estés comenzando a ver y no te estanques. Yo sé que podrás seguir adelante y podremos seguir con nuestras vidas y planes de futuro.

—Una de mis principales motivaciones es hacerte feliz —confesó Oliver—. Y voy a poner todo de mi parte para que así sea.

—Si tú eres feliz, yo soy feliz.

Pese a sus recientes sentimientos por Eneas, Abril quería muchísimo a Oliver y le hacía sinceramente feliz ver que la terapia le estaba sirviendo para afrontar las cosas de otra manera.

—Yo también me estoy planteando cambios, ¿sabes? —Abril suspiró antes de continuar mientras su chico la miraba con expectación—. Me estoy planteando formarme como fotógrafa y comenzar a dedicarle tiempo…

Oliver la abrazó con fuerza. Le encantaba que su chica se motivara y luchara por sus sueños, y así se lo hizo saber, al igual que sabía que conseguiría todo aquello que se propusiera debido al gran talento y potencial que tenía.

—Yo comenzaría por presentar a concurso o exponer donde te permitan las fotos de Alhena, son una pasada —dijo Oliver, rotundo.

Pero la mente de Abril fue más allá y una gran sonrisa iluminó su rostro. Besó a Oliver con ímpetu y seguidamente agarró su bolso y salió de casa como alma que lleva el diablo.

—¡Eneas! ¿Estás ahí?

Eneas, con una sonrisa de oreja a oreja al escuchar los gritos de Abril, se asomó por la ventana lo más rápido posible.

—A ver quién es la acosadora ahora, bonita —dijo en tono de humor.

Abril se quedó sin palabras al verlo. Llevaba la cara tan perfectamente maquillada que parecía estar contemplando a una muñeca de porcelana.

—¿Quieres subir? —preguntó Eneas al ver que no reaccionaba.

—¡Ahora no puedo porque vuelvo al trabajo! Pero quería proponerte algo...

—Que cochina eres, sabía que no te podías resistir a mis encantos —dijo Eneas, burlón.

—¡Idiota! No es eso. —Abril no podía dejar de sonreír ante sus ocurrencias—. ¿Te gustaría posar para mí? Tengo varias ideas para un proyecto de fotografía y me encantaría que fueras la imagen principal.

Eneas, por un momento, no supo muy bien qué responder; era lo último que se hubiera imaginado. Pero de su boca salió un impulsivo «cuenta conmigo» seguido de un guiño, a lo que Abril contestó con un gesto de agradecimiento con las manos entrelazadas mientras se despedía y volvía rápidamente al trabajo sin quitarse de la cabeza la locura que acababa de cometer. Definitivamente, era incapaz de apartar a Eneas de su vida.

Eneas se quedó pensando en la propuesta de Abril. Reconocía que le gustaba la idea de posar para ella y ver a través de la fotografía la visión que tenía sobre él. Aunque también era inevitable pensar que de esa forma pasarían más tiempo juntos, y esa idea no le disgustaba en absoluto.

Sonó el teléfono, disipando de golpe sus pensamientos. Al descolgar, reconoció la voz de Lucas, algo temblorosa.

—Lucas, ¿estás bien? —preguntó Eneas, preocupado.

—Eneas, esto no te va a gustar, pero tu madre me ha llamado... Quiere verte, a solas.

Eneas tragó saliva. ¿Su madre quería verlo…? Y él se moría de ganas de verla. Pero ¿por qué a solas? De repente, lo inundó una gran curiosidad y decidió que había llegado el momento de enfrentarse a ella.

—Dale mi dirección, aquí la espero.

Las horas siguientes se hicieron eternas para Eneas, que no sabía cómo iba a reaccionar al estar de nuevo frente a su madre. No estaba seguro de haber tomado la decisión correcta, pero ya no había marcha atrás. Había decidido afrontar esa situación de una vez por todas.

Eran aproximadamente las seis de la tarde cuando sonó el timbre. Eneas abrió con cautela y no le dio tiempo a visualizar bien el rostro de su madre cuando se sintió atrapado en un abrazo fuerte y lleno de ganas. La mujer lloraba desconsolada, era incapaz de separarse de su hijo. Eneas permaneció paralizado varios minutos hasta que al fin reaccionó y le devolvió el abrazo.

Jamás había visto a su madre llorar de esa manera, no sabía qué hacer o qué decir.

—Hijo mío, ¿estás bien? No sabes cuánto te he extrañado.

A Eneas le dio un vuelco el corazón, pero estaba tan dolido que se negaba a mostrar debilidad.

—Llevo diez años sin saber nada de vosotros… —Tomó aire—. Diez años en los que no sabía si estabais vivos o muertos… —Cada palabra se le clavaba como un puñal al pronunciarla.

—Eneas, las cosas son más complicadas de lo que crees… Si me dejaras explicarte…

—¿Qué tienes que explicarme? ¿Acaso tiene explicación que tu propia familia te repudie por ser bisexual? —Eneas cada

vez estaba más furioso y su tono estaba subiendo considera-
blemente.

—Hay cosas que tú no sabes, cariño. —Matilde, que así se
llamaba la mujer, relajó su tono de voz al ver a su hijo tan alterado.

—Mamá, lleváis diez años sin preocuparos por mí, ¿por qué
tendría que creerte ahora?

Matilde tragó saliva antes de hablar; dos lágrimas humede-
cieron sus mejillas.

—Lo tuyo con Borja fue la excusa perfecta para que te
alejaras de casa. Tenía que protegerte… Hay cosas horribles que
desconoces…

De repente, la cabeza de Eneas explotó. ¿Qué quería decir
su madre con que tenía que protegerlo?

¿De qué? En ese momento era incapaz de articular palabra.

—No puedo contarte más por el momento, hijo mío. Solo
quería verte y saber que estabas bien después de lo que te pasó.
Y también quiero que sepas que he estado pendiente de ti durante todos estos años, aunque tú no lo supieras. Eres mi hijo y
te quiero con todo mi corazón.

Se abrazaron y lloraron juntos durante un buen rato. Eneas
no daba crédito a lo que estaba pasando.

—Pero, mamá, necesito entender… No puedes dejarme así
—dijo Eneas cuando al fin pudo articular palabra.

—Créeme, por el momento es mejor así… Lo único que
puedo decirte es que Lucas es un gran amigo y su familia es
maravillosa, y le estoy eternamente agradecida por todo lo que
han hecho por ti. Jamás podré agradecerles lo suficiente que te
hayan tratado como a un hijo más.

Y tras aquella última confesión, Matilde se despidió de su hijo con un tierno beso en la mejilla y lo dejó envuelto en un tornado de emociones que era incapaz de distinguir. Su confusión era inmensa.

¿Qué acababa de pasar? Su madre decía quererlo y protegerlo de algo que él desconocía, y al parecer la familia de Lucas tenía muchas respuestas.

14

—Efectivamente, Eneas. Mi familia siempre estuvo en contacto con tu madre… Ella sabía de ti, pero no quería que tú supieras de ellos —confesó Lucas sin poder sostenerle la mirada a su amigo.

—Pero ¿qué sentido tiene? Yo no recuerdo nada de lo que tuviera que protegerme, salvo de la homofobia de mi padre. Y eso era algo con lo que podía lidiar.

Cuantas más vueltas le daba Eneas, menos entendía de qué trataba todo aquello. Sentía que había permanecido engañado durante diez años y que aún seguía sin saber toda la verdad, y eso lo estaba consumiendo por dentro.

—Eneas, mis padres hicieron lo posible por ayudarte atendiendo a la llamada de socorro de tu madre… De lo que te quisiera proteger solo lo sabe ella. Mis padres nunca me dieron a entender que supieran el motivo…

—Creo que tenía derecho a saber lo que estaba pasando; entre todos me habéis engañado. —El enfado de Eneas cada vez era más grande.

—Mira, Eneas, ya me estoy cansando de tus reproches —dijo Lucas, tajante—. Lo único que tu madre, mi familia y yo hemos hecho ha sido intentar protegerte y cuidarte, así que podrías ser un poco más agradecido con la gente que te quiere.

—Os estaré eternamente agradecido por todo. —Eneas se vino abajo—. Y siento si suena a reproche, pero siento que mi vida los últimos años ha sido una gran mentira.

Lucas se relajó y abrazó a su amigo. En el fondo entendía por lo que estaba pasando y pensaba ayudarlo a descubrir la verdad de aquel asunto.

—Mañana vuelve Alhena, así que te quiero a tope.

Pensar en Alhena fue lo único que animó a Eneas. Quería transformarse y olvidarse de todo por unas horas. Alhena siempre había sido su vía de escape, su salvación.

Lucas llamó a Gonzalo y le pidió que llevara algo de cenar; esa noche ambos se quedarían con Eneas, no se atrevían a dejarlo solo con todo lo que le estaba pasando.

Esa noche las conversaciones fueron profundas: los tres hablaron sobre sus familias, sus sentimientos hacia ellas, lo que les hubiera gustado cambiar de cada una… Y entre copa y copa comenzaron a sonar risas, esas risas que tanta falta le hacían a Eneas.

Abril, recién salida de trabajar, los escuchó reír al pasar bajo su ventana y no pudo evitar sonreír también. La risa de Eneas era contagiosa y a ella le fascinaba. Estuvo tentada a llamarlo y unirse a la velada, pero Oliver la esperaba en casa y había decidido mantener la mente fría con respecto a sus sentimientos hacia Eneas. Así que continuó rumbo a casa y, ya que había salido un rato antes, le daría una alegría a Oliver.

Abrió la puerta sigilosa; la casa estaba en completo silencio y lo único que se oía era una respiración acelerada y unos jadeos constantes. No era la primera vez que Oliver se masturbaba viendo porno, así que Abril decidió desnudarse para sorprenderlo y terminar la faena juntos.

Pero ¿cuál fue su sorpresa al entrar a la habitación de sopetón y descubrir que Oliver no se estaba masturbando viendo porno, sino mirando las fotografías de Alhena?

—Pero, cariño, ¿qué haces? —Abril no daba crédito a lo que veían sus ojos.

Oliver se levantó de un salto, cubriendo su cuerpo con una toalla que tenía a mano y apagando la pantalla del ordenador a la mayor brevedad posible.

—Mi amor… ¿Tú no salías más tarde? —Oliver se moría de la vergüenza.

—Salí antes y pretendía sorprenderte… Pero la sorprendida he sido yo.

Oliver no era capaz de levantar la mirada del suelo, mientras Abril no sabía si reír o llorar.

—¿Te gustan los hombres? —preguntó Abril, a bocajarro.

—No es lo que piensas… ¡Joder! —Oliver se llevó las manos a la cabeza.

Abril se acercó, lo sujetó por los hombros, lo miró a los ojos y le dijo que se tranquilizara.

—Cariño, tenemos confianza… Pero necesito saber qué significa lo que acabo de presenciar.

Oliver cerró los ojos y apretó los dientes; su rostro estaba completamente enrojecido debido al bochorno que estaba pasando.

—Desde que fuimos a La Escena no he dejado de fantasear con Alhena… Esa es la verdad.

Tras su confesión, Oliver se sintió más aliviado, pero igualmente avergonzado.

—¿Y por qué no me lo has dicho? —preguntó Abril con una sonrisa—. Somos humanos, es normal tener fantasías y deseos hacia otras personas…

—¿Tú también los tienes? —La pregunta de Oliver fue directa y concisa.

—Todos los tenemos.

Abril besó a Oliver en el cuello y le susurró al oído:

—Cierra los ojos y piensa en Alhena.

Oliver se dejó llevar por el morbo del momento y, tras pasar su lengua hasta por el último rincón del cuerpo de su chica, acabó penetrándola contra el escritorio con un ímpetu y una fuerza que hizo que, en cuestión de minutos, ambos alcanzaran el clímax y quedaran totalmente exhaustos.

—¿Qué acaba de pasar? —preguntó Oliver, aún con la respiración entrecortada.

—Que me has follado como nunca, mi vida —dijo Abril, sin pelos en la lengua.

Lo besó con una pasión y un deseo que le recordó a sus primeros y fugaces encuentros sexuales durante la adolescencia.

—¿No crees que estoy enfermo? —Oliver seguía preocupado.

—Cariño, se llama fantasía, morbo… No estás enfermo… ¿O acaso no lo has disfrutado? Porque yo he disfrutado como nunca.

Abril estaba desatando una parte de su ser que ni ella misma era consciente de que tenía, pero le había excitado muchísimo que Oliver pensara en el mismo chico que ella.

—Nunca me han atraído los hombres, pero es que Alhena parece una diosa… Y no sabía cómo te lo ibas a tomar si te lo decía, porque no lo entiendo ni yo.

Oliver continuaba dándole explicaciones a su chica mientras se duchaban juntos.

—Oliver, cariño, Ya te he dicho que no tienes que justificarte más. Yo sé que me quieres y que lo que ha pasado ha sido fruto de una fantasía. No te preocupes más; no va a cambiar nada entre nosotros por esto, de verdad.

—Gracias por ser tan comprensiva. Te quiero.

Se besaron de nuevo con pasión y una cosa llevó a la otra. Mientras Oliver la penetraba de nuevo, Abril se sintió culpable... Estaba engañando a su pareja con respecto a los sentimientos que tenía por Eneas y le había ocultado la relación tan estrecha que tenían. ¿Sería capaz algún día de contarle la verdad a Oliver? ¿O tal vez estaba esperando a que esos sentimientos desaparecieran con la misma facilidad con la que habían aparecido?

De repente, el gemido final de Oliver la devolvió a la realidad. Allí estaba, en la ducha, con su chico aún dentro de ella y pensando en otro. ¿No era eso muchísimo más preocupante que una simple fantasía sexual?

Esa noche, mientras Oliver dormía plácidamente, Abril no fue capaz de pegar ojo. Aquella situación se estaba volviendo insostenible para ella.

Eneas tampoco pudo dormir profundamente; las preocupaciones y los sentimientos eran tantos que, en cuanto sus amigos se durmieron, su cabeza comenzó a dar vueltas automáticamente.

¿Qué iba a pasar ahora? ¿Iba a tener relación con su madre? ¿Le contaría su madre todo lo que le ocultaba? De repente, Abril invadió sus pensamientos como un rayo de luz, haciéndolo sonreír al recordar la propuesta del proyecto fotográfico que le había hecho. Se moría de ganas de tenerla cerca.

Sin saberlo, Abril y Eneas pasaron la noche pensando el uno en el otro.

15

Alhena volvió a los escenarios con más fuerza que nunca, lo cual hizo que el local se llenara más que de costumbre. Lucas y Gonzalo estaban felices, tanto por ver a su amigo brillar como por el éxito que estaba teniendo el negocio. Habían arriesgado todo al poner aquel *pub* de ambiente en el pueblo, pero lo cierto era que la acogida había sido inmejorable. Los tiempos estaban cambiando.

Aquella noche, Alhena ofreció un repertorio más folclórico, a la vez que reivindicativo, lo cual cautivó muchísimo al público, que pedía más Alhena todo el tiempo. Con cada canción, cada *look*, cada movimiento, tenía a todos los presentes totalmente hipnotizados, en especial a sus principales admiradores: Abril y Oliver.

—Alhena está espectacular esta noche, ¿verdad? —comentó ella.

—¿Cuándo le harás la sesión de fotos? —preguntó él—. Seguro que haces un gran trabajo.

—En principio mañana, hemos quedado aquí en el local a puerta cerrada. Quiero fotografiarla en su entorno.

Para la pareja, Alhena se había convertido en un tema de conversación principal del que no podían escapar. Ambos estaban cautivados por la misma persona y, aparentemente, eso los unía aún más.

Lucas y Gonzalo se acercaron a saludarlos, los invitaron a unos chupitos y estuvieron comentando las actuaciones y lo bien que les estaba yendo. Abril le había cogido mucho cariño a

Lucas especialmente, ya que Gonzalo no se dejaba conocer tan fácilmente; parecía más cauto y reservado que su chico, pero los dos le parecían encantadores de igual forma.

Alhena se unió al grupo tras su última actuación y tras hacerse decenas de fotos con todo el que se las pedía.

—¿Qué tal, chicos? ¿Disfrutando la noche?

Todos alabaron su trabajo de esa noche y estuvieron un rato conversando acerca de ciertas cosas que podría introducir en los próximos espectáculos para amenizar e interactuar con el público. Todas sus ideas eran locas y divertidas, lo cual lo haría único y especial.

Tras cerrar, Lucas y Gonzalo se marcharon con uno de los clientes. Parecía que iban a pasarlo estupendamente los tres juntos, lo cual causó mucha gracia a Oliver.

—¿A ti no te gustaría probar algún día? —preguntó Alhena.

Oliver la miró, sin saber muy bien qué responder. Abril soltó una carcajada.

—Nunca me lo he planteado, sinceramente. Abril y yo tenemos una relación cerrada y tradicional.

La respuesta de Oliver, que se tornó un tanto seria, hizo que Alhena se sintiera un poco incómoda. Tal vez no debería haber sido tan indiscreta y buscó la aprobación en los ojos de Abril, que no dejaba de reírse.

—Estamos bebidos —dijo Abril, al fin—. Mejor dejemos esta conversación aquí.

Se despidió de Alhena con un «mañana nos vemos» y sacó a Oliver de allí casi a rastras.

Ambos llevaban una borrachera considerable, y Oliver, cuando bebía, se ponía más susceptible de la cuenta.

—¿Tú sí harías un trío? —preguntó Oliver, bastante serio.

—Oliver, cariño. Como bien has dicho, nunca nos hemos planteado ese tipo de cosas y es mejor no hacerlo.

—No me has contestado. ¿Lo harías? Porque necesito saber si mi novia se siente plena conmigo o necesita otros estímulos.

Abril se quedó sin palabras. Era la primera vez que Oliver le planteaba algo así y no sabía muy bien qué responder.

—Si te soy sincera, nunca me lo había planteado, pero quizás si los dos encontráramos una persona que nos cuadrara, lo haría.

Oliver asintió; le gustó la honestidad con la que Abril le hablaba y, aunque no volvieron a hablar del tema por el camino, no olvidaría esa respuesta.

Eneas, por su parte, era la primera vez que volvía solo a casa tan tarde desde que Borja lo atacó y la realidad era que se sentía intranquilo, tenía miedo. El camino a casa se le hizo eterno, y perdió la cuenta de las veces que miró hacia atrás para comprobar que nadie lo estuviera siguiendo. Cuando al fin entró en casa y cerró la puerta con llave, logró respirar con alivio. Esperaba que algún día ese miedo le desapareciera y pudiera volver a casa con tranquilidad; al fin y al cabo, Borja ya estaba casado y haciendo su vida junto a su mujer. Ojalá nunca más se volvieran a cruzar; quería a ese asesino lo más lejos posible.

Al día siguiente, a media mañana, Abril pasó a recoger a Eneas y ambos se fueron juntos para La Escena.

Durante el camino hablaron acerca de la noche anterior, de la actuación, de la relación liberal que tenían Lucas y Gonzalo, de la pregunta sobre el trío que le hizo a Oliver y de la respuesta de este…

—¿Crees que tu chico se molestó conmigo? —Eneas aún se sentía mal.

—Estaba ebrio, por eso te contestó tan cortante. No se lo tengas en cuenta... Pero... ¿por qué le hiciste esa pregunta? Tengo curiosidad.

—Simplemente porque vi que le sorprendió ver a Lucas y Gonzalo con un tercero y fue simple curiosidad; no había ninguna intención oculta, te lo prometo.

Llegaron al *pub* debatiendo acerca de la diferencia entre la infidelidad, las parejas abiertas y las parejas liberales, ya que Abril consideraba que acostarse con otra persona, aun sabiéndolo tu pareja, se consideraba ser infiel, mientras que Eneas no estaba de acuerdo con ese pensamiento.

Eneas, que tenía la llave del local, abrió, desactivó la alarma y encendió las luces para que Abril pudiera pasar y preparar lo necesario para empezar con el reportaje.

La idea era fotografiarlo como Eneas, después como Alhena y luego hacer un montaje con la imagen de los dos como si de un reflejo se tratase. A Eneas le fascinó la idea.

Eneas posó totalmente desenfadado, sentado en el escenario, con un vaquero remangado, descalzo y una camisa blanca entreabierta. Estaba realmente guapo y la cámara lo quería.

Abril demostró ser muy ágil con la cámara y muy entendida con respecto a las luces, las sombras, los contrastes... A Eneas le fascinó verla trabajar con tanta pasión.

—Las fotos están quedando de revista —dijo Abril, con una sonrisa de oreja a oreja—. Ahora es el turno de Alhena. ¿Necesitas ayuda para prepararte?

Eneas se apañaba solo para transformarse en Alhena, así que mientras lo hacía, Abril se dedicó a descargar las primeras fotos en el portátil y seleccionar las mejores para así luego poder editarlas.

Alhena tardó aproximadamente una hora en aparecer. Llevaba un vestido negro totalmente brillante, un tocado de plumas negras sobre una peluca larga y ondulada de color rubio platino. Su maquillaje impecable daba el brillo y la luz justo donde debía y resaltaba sus facciones más femeninas. Estaba absolutamente espectacular.

—Estás deslumbrante… —Abril no podía dejar de admirarla.

—Tenía que estarlo, no podía fallarle a la fotógrafa —dijo Alhena con una sonrisa.

—Nunca me has hablado de cómo nació Alhena… —observó Abril, con sincera curiosidad.

Alhena suspiró; hacía mucho tiempo que no pensaba en su origen, pero le hizo feliz hacerlo.

—Lo cierto es que Alhena siempre ha formado parte de mí… —confesó con emoción—. Ya de pequeño me escondía en la habitación de mi hermana, me ponía sus vestidos y me maquillaba para bailar y cantar frente al espejo… Creaba mi propio mundo de fantasía… —suspiró de nuevo—. Hasta que un día mi madre me descubrió… Recuerdo cómo, entre lágrimas, me pedía que no volviera a hacerlo, que eso no estaba bien. Y aunque luchaba contra mis impulsos para no verla sufrir, aprovechaba cada momento de soledad para dar rienda suelta a mi imaginación. Quería ser una artista como las que salían en la televisión y a las que todo el mundo admiraba. Quería ser una estrella… Y por eso, cuando decidí comenzar con pequeñas actuaciones en secreto, elegí el nombre de Alhena, que es el nombre de la tercera y más brillante estrella de la constelación de Géminis.

Abril la miraba con ternura mientras la escuchaba recordar aquellos momentos tan importantes de su vida.

—Fue en Londres cuando por primera vez pude darle forma a Alhena y presentarla en un discreto club de ambiente. La aceptación fue tan grande que me animó a seguir creciendo con nuevos espectáculos, y poco a poco comencé a tener trabajo cada fin de semana... Y así fue como nació Alhena.

Tras culminar su historia, Abril le recalcó a Alhena lo valiente que había sido, y esta, que no quería llorar, le dijo a su fotógrafa personal que sería mejor continuar con la sesión de fotos antes de que se le estropeara el maquillaje y tuviera que volver a empezar de cero.

Las fotos de Alhena fueron más regias, más elegantes. Su pose era firme y majestuosa. Para Abril fue todo un honor tener la libertad absoluta de inmortalizar aquel momento desde su más artístico punto de vista.

—Pues yo diría que ya hemos terminado —sentenció Abril—. Sales increíble en todas las fotos.

Alhena bajó del escenario y se acercó a Abril con determinación.

—Tú eres increíble, Abril. Estoy segura de que será un gran trabajo del que las dos estaremos orgullosas.

De repente, ambas se miraron y el tiempo se paró. Abril no podía dejar de admirar la belleza de Alhena, que parecía de otro planeta. En el silencio de aquella estancia, tan solo se oían dos respiraciones agitadas y dos corazones latiendo al unísono.

—Me muero por besarte —confesó Alhena.

—Bésame —dijo Abril, sin pensarlo dos veces.

Y de pronto, Abril y Alhena se vieron envueltas en un beso cálido y apasionado del que no pudieron escapar.

Alhena comenzó a despojar a Abril de su ropa; deseaba verla desnuda y poder besar y disfrutar cada centímetro de ese cuerpo que tanto la enloquecía. Abril se dejó llevar por la pasión del momento: se sentía libre, desatada…

Las manos de ambas se entrelazaban en caricias eternas, estaban realmente excitadas. Abril se mostró totalmente desnuda ante Alhena, que la admiraba con deseo mientras también se desnudaba. Abril se mordió el labio al ver su torso; incluso las cicatrices del abdomen le resultaron atractivas. Luego se fijó en la enorme erección de su entrepierna y no pudo evitar tocarla y sentirla entre sus manos.

A Abril le resultaba muy excitante mirar a Alhena a los ojos y ver la imagen de una diosa, mientras su parte más íntima era la de un hombre deseoso de sexo. Esa dualidad la tenía muy húmeda y, sin pensarlo, se arrodilló para sentirla en su boca y saborearla durante un buen rato.

Alhena tuvo que pararla en un par de ocasiones; no quería terminar tan rápido, pero lo hacía demasiado bien. Siguieron besándose, uniendo sus cuerpos desnudos en el suelo del local. Abril se retorció de placer cuando Alhena introdujo sus dedos en lo más profundo de su ser.

—Quiero llegar hasta el final… —dijo Abril, extasiada.

Alhena asintió, sacó un preservativo de su cartera, se lo colocó y se tumbó sobre Abril, entrando suavemente en ella. Ambas se sintieron plenas en ese momento. Abril no podía creer el placer que estaba sintiendo; era otro nivel.

Estaban disfrutando tanto que deseaban que el tiempo se paralizase en ese mismo instante.

16

Ya era de madrugada cuando Eneas volvía a casa. Sentía que alguien lo seguía, pero cuando miraba hacia atrás no había nadie. De repente, al abrir la puerta de su casa, Borja lo estaba esperando con una navaja, y sin darle tiempo de reaccionar se le abalanzó encima y lo apuñaló sin piedad.

—¡Borja, no! —gritó Eneas.

—¿Qué pasa? —preguntó Abril, asustada.

Eneas miró para todos lados. Estaba tirado en el suelo del local, rodeado de ropa y con Abril al lado, desnuda. Había sido una pesadilla.

—Perdona… He tenido un mal sueño —le dijo a su acompañante mientras la estrechaba entre sus brazos.

—Parecías asustado de verdad… Mencionaste a tu ex… ese tal Borja.

Abril no pudo ocultar su preocupación al ver que Eneas prefería evadir el tema.

—Nos hemos quedado dormidos y en un rato llegarán Lucas y Gonzalo para montar.

Eneas, aún con restos de maquillaje, se levantó y comenzó a vestirse y recogerlo todo con prisas. Abril lo notaba nervioso, estaba evitando su mirada.

—Eneas, ¿todo está bien entre nosotros? —suspiró—. ¿Te arrepientes de lo que ha pasado?

Eneas se paró en seco y, mirándola al fin a la cara, le dijo:

—Jamás podría arrepentirme de haber vivido uno de los mejores momentos de mi vida.

Esas palabras la calaron hondo, lo cual la hizo sentir mejor y esbozar una sonrisa.

Recogieron todo en silencio y volvieron a casa hablando del reportaje y de lo bien que habían quedado las fotos, evitando así tocar el tema de lo que había pasado entre ellos.

Abril se sentía feliz a la vez que culpable: le había fallado a Oliver y él no se lo merecía.

Eneas, por el contrario, se sentía dichoso de haber disfrutado tanto de la chica a la que amaba con todo su corazón y no podía pensar en otra cosa.

Se despidieron en la puerta de Eneas con dos besos y un «nos vemos» de lo más tenso. Abril tenía la sensación de que ya nada volvería a ser igual.

Eneas subió a casa y se tiró boca arriba sobre la cama con una sonrisa de oreja a oreja. Había sido la primera vez que había mantenido relaciones sexuales con una chica transformado en Alhena y lo cierto era que la situación no había podido ser más excitante. Abril lo había vuelto loco y no podía apartar de su mente la silueta de sus curvas, su olor, sus besos y sus caricias. ¿Qué iba a pasar ahora? Porque él tenía claro que quería repetir y que no quería renunciar a lo que sentía. ¿Pero se atrevería Abril a cambiar su vida por él? En realidad, Eneas ni siquiera estaba seguro de que Abril sintiera lo mismo hacia él. Quizás era simple cariño y atracción sexual… Solo le quedaba esperar a ver cómo se sucedían los acontecimientos.

Abril permaneció un buen rato ante la puerta de su casa. No era capaz de entrar. ¿Cómo iba a mirar a Oliver a la cara después de la traición que había cometido? Rompió a llorar sentada en el suelo, contra la puerta, no podía más. ¿Por qué no había podido resistirse a lo que sentía por Eneas? ¿Por qué se había dejado llevar de esa manera tan pasional? ¿Por qué no había pensado en todo lo que iba a perder por esa locura?

Sus lágrimas no cesaban, comenzó a golpear la puerta cuando sintió que le comenzaba a faltar la respiración. Cuando Oliver abrió la puerta, Abril estaba inconsciente. Oliver se preocupó mucho al verla en ese estado, la cogió en brazos y la llevó a la habitación, tumbándola en la cama boca arriba e intentando hacerla reaccionar.

—Abril, cariño… —le dijo al verla abrir los ojos—. ¿Estás bien? Me has asustado…

La chica miró con tristeza a su novio y volvió a llorar desconsolada, abrazándolo. Oliver no entendía lo que estaba pasando, solo le devolvió el abrazo y siguió intentando calmarla.

—Soy lo peor… —decía Abril entre sollozos—. Perdóname…

—No entiendo nada, cariño. ¿Qué te tengo que perdonar? —Oliver seguía totalmente ajeno a lo que sucedía.

Abril, bebiéndose las lágrimas y mirando a Oliver a los ojos, le sujetó ambas manos con fuerza y se lo dijo:

—Me he acostado con Alhena.

Los ojos de Oliver se abrieron como platos mientras Abril le repetía que lo había traicionado y que se sentía la peor persona del mundo. Oliver no daba crédito a las palabras de su novia. Se había quedado totalmente paralizado ante semejante confesión mientras sus ojos también se convertían en un mar de lágrimas.

—¿Cómo has podido? —fue lo único que Oliver pudo verbalizar. Se sentía tan impotente.

—Te he fallado… —Abril se retorcía sobre sí misma—. No te merezco.

Oliver se levantó, salió de la habitación y Abril escuchó cómo salía de casa. Estaba destrozada y había destrozado a la única persona que la había querido y aguantado siempre. Y todo por una persona a la que prácticamente acababa de conocer. ¿De verdad merecía la pena tanto sufrimiento?

17

Oliver no sabía qué hacer. Su mundo se acababa de derrumbar por completo. Tras fallecer su madre pensaba que no le podía ocurrir nada peor, pero la traición de la persona a la que más quería y en la que más confiaba lo había dejado totalmente hundido.

No le cabía en la cabeza que Abril hubiera llegado tan lejos con otra persona. ¿Acaso lo que tenían no era más fuerte que todo lo demás? Quizás le faltaba algo en su relación que él no le pudiera dar…

¿Habría sido esa infidelidad fruto de no haberle dedicado el tiempo suficiente?

Eran muchas las preguntas que rondaban por la cabeza de Oliver en esos momentos. Pero la única realidad era que ninguna de las respuestas posibles le parecía justificable para semejante engaño.

¿Qué iba a hacer ahora? Si toda su vida estaba enfocada en Abril.

Se sentía dolido, humillado, tremendamente traicionado, pero aun así quería respirar, relajarse y hablar tranquilamente con la persona que hasta ahora había sido su más fiel compañera de vida.

Se sentó en la orilla de la playa a escuchar cómo las olas, al igual que sus lágrimas, se fundían con la arena.

Oliver recordaba, como si de ese mismo día se tratase, cuando vio a Abril en el instituto por primera vez. «Qué chica tan guapa», pensó al verla sentada junto a la ventana. Los rayos de sol acariciaban su rubia cabellera mientras ella se encontraba sumergida en un libro del que no se separaba.

—¿Qué lees? —preguntó Oliver con timidez.

Abril lo miró a los ojos y le sonrió con amabilidad, explicándole que se trataba de una novela romántica que una compañera le había recomendado.

Ese fue el principio de su historia.

A partir de entonces, Oliver comenzó a interesarse cada vez más por Abril y terminaron por hacerse grandes amigos que tanto reían juntos como lloraban al apoyarse debido a la situación familiar de cada uno.

Oliver siempre se quejaba de sus padres ya que, aunque estaban separados, vivían juntos y la convivencia con ellos era una batalla constante que se le hacía insoportable. Abril intentaba hacerle ver que debía aprovechar todo el tiempo posible con sus padres por separado y no darle importancia a esas peleas, ya que el único perjudicado sería él. «Yo daría lo que fuera por tener a mis padres, aunque fuera por separado», decía ella en multitud de ocasiones, e incluso se entristecía de que Oliver no se diera cuenta de lo afortunado que era.

Con el tiempo, esa complicidad que tenían se convirtió en atracción física, y ninguno de los dos pudo negar lo que sentían. Y finalmente floreció el amor entre ellos. Un amor lleno de apoyo, comprensión y sinceridad. Oliver pensaba que Abril era la chica perfecta para él, hasta que comenzaron a aflorar las inseguridades…

Sin saber exactamente por qué, Abril comenzó a sentir celos de todo el que se acercaba a Oliver, y eso generó una brecha en su relación que les costó muchísimo reparar. Oliver era incapaz de entender por qué la chica a la que estaba dedicando su vida no confiaba en él… Pero el problema real no era ese, sino que Abril no se quería lo suficiente y siempre pensaba que Oliver se merecía a alguien mejor.

Les costó lágrimas de sangre que Abril reconociera sus inseguridades debido a su baja autoestima y consiguieran forjar la relación sana que habían tenido hasta ese momento.

Por eso a Oliver le costaba entender que después de todo lo que habían sufrido debido a los celos injustificados de Abril, finalmente ella hubiera cometido aquella infidelidad.

Abril se rindió, le dolían los ojos y el pecho de tanto llorar, y el sueño la acabó venciendo. Durante la noche se sintió sola y triste, ya que en sus sueños se repetía una y otra vez la escena de Oliver llorando, destrozado por su reciente confesión. Cuando se desvelaba sentía la cama vacía y eso la hacía estar aún más enfurecida consigo misma, pero el cansancio la terminaba dominando.

Oliver llegó de madrugada, necesitaba estar solo y meditar. Observó a Abril en la cama y no pudo evitar sentir ternura. La quería y estaba dispuesto a hablar las cosas con ella, quería entenderla, aunque no estaba seguro de poder hacerlo. Se tumbó a su lado y la abrazó, a lo que ella reaccionó abrazándolo también y rompiendo de nuevo a llorar al sentirlo pegado a su cuerpo.

—Abril, tenemos que hablar seriamente. —Oliver sonó serio, pero a la vez relajado.

Abril se incorporó como pudo y, entre llantos, le contó a Oliver la historia desde el principio. Él se dedicó a escuchar detenidamente, a asentir y a secarse las lágrimas cuando inevitablemente le bañaban las mejillas.

—¿Te das cuenta de que no se trata de un simple desliz? Esto viene de tiempo atrás, Abril. Sientes cosas por esa persona. —A Oliver le dolió cada palabra que salió de su boca.

—No sé cómo explicarlo, pero yo solo sé que te quiero a ti y no quiero perderte. —Abril tragó saliva antes de continuar—. Pero Eneas ha despertado una parte de mí que no puedo controlar, me gusta estar con él en todos los aspectos… Y sé que lo he hecho fatal. Te he mentido y eso es imperdonable.

Oliver cogió aire antes de contestar.

—Creo que necesito un tiempo para asimilar todo esto…

Abril asintió, entendiendo así que tenía que dejarlo solo y darle su espacio.

—Mañana mismo le pregunto a Julia si me deja quedarme en su casa. Y, una vez más, lo siento muchísimo.

Oliver se levantó. Aunque quisiera, era incapaz de estar a su lado sin romper a llorar, así que se fue al sofá a intentar ordenar sus ideas, mientras Abril, aunque destruida, se sentía liberada. Oliver ya lo sabía absolutamente todo.

18

Los días pasaban y Abril seguía sin saber nada de Oliver: ni una llamada, ni un mensaje, nada.

Julia la acogió en su casa sin ninguna pega; al contrario, ella siempre estaba encantada de tener gente en casa. Abril se lo contó todo con pelos y señales, y Julia no pudo hacer otra cosa que darle la razón a Oliver, aunque la apoyara a ella.

También a Julia le vino bien tener a Abril en casa. Pese a su carácter despreocupado, le sentó bien desahogarse acerca de su caótica situación actual: su hija era una cabeza loca que no hacía otra cosa que llevar problemas a casa, su ex solo la utilizaba para pasar el rato cuando le apetecía, y mientras tanto ella trataba de vivir lo más tranquila posible, aunque no se lo ponían nada fácil. Abril, como siempre, intentaba aconsejarla, aún a sabiendas de que acabaría haciendo lo que le diera la real gana.

Eneas, por su parte, había intentado acercarse a Abril en varias ocasiones, pero ella no estaba nada receptiva y le contó el problema que había tenido en casa, lo cual también le causó malestar a él.

La situación no era fácil, pero tenían que seguir con sus vidas, sus trabajos y sus proyectos. Abril aprovechó para matricularse al fin en el curso de fotografía que tantas ganas tenía de realizar, a la vez que se entretenía con la edición y montaje del reportaje fotográfico de Eneas y Alhena, aparte de su jornada laboral.

En varias ocasiones, Eneas había intentado hablar con su madre de nuevo, pero hasta ese mismo día no habían sido capaces de concretar un encuentro. Se dieron un gran abrazo al verse.

—Aún no me creo que estemos bien, mamá —confesó Eneas, emocionado.

—Hoy he podido escaparme porque necesitaba hablar contigo, pero necesito que seas discreto, hijo mío.

—Mamá, me tienes intrigado. ¿Qué pasa?

Matilde suspiró, agarró fuertemente las manos de su hijo y comenzó su relato:

—Tú sabes que yo no tengo nada en la vida, tus hermanos y tú habéis sido siempre lo más importante para mí. —Eneas asintió—. Tu padre siempre tuvo un carácter rudo y machista, a veces hasta violento, lo cual nunca entendí, porque yo lo trataba como a un rey y le daba todo lo mejor de mí. —Tomó aire—. Esto que te voy a contar es muy duro para mí, pero es que ya no puedo guardarme esto por más tiempo. Tu padre no es la persona que aparenta ser. Él te había descubierto con Borja mucho antes de que tú nos lo contaras, hijo. —Matilde se puso las manos sobre la frente, no sabía cómo continuar.

—No te estoy entendiendo, mamá… —dijo Eneas, expectante.

—Tu padre te espiaba. Un día, de casualidad, encontré una caja en su despacho llena de grabaciones… —A Matilde se le desgarraba el alma con cada palabra—. En todas esas grabaciones salías tú… Desde pequeño. Desnudo en la bañera, de adolescente, enfocándote tus partes íntimas… Y había un par de vídeos tuyos manteniendo relaciones sexuales con Borja.

Eneas tenía la piel de gallina. Lo que su madre le estaba confesando era realmente grave.

—Lo sorprendí en una ocasión masturbándose con uno de esos vídeos y lo enfrenté. Quería matarlo. Sentía asco de la persona que tenía al lado. —volvió a suspirar—. Pero me amenazó. Me dijo que si me atrevía a decir algo, te mataría, pero antes se encargaría de hacerte un hombre de verdad.

—Mamá, ¿me estás diciendo que papá es un pederasta y que estaba obsesionado conmigo?

La pregunta de Eneas pudo ser más alta, pero no más clara.

—Por eso cuando decidiste contar lo de Borja, él reaccionó así y yo tuve que apoyarlo. Era mejor que estuvieras lejos de él. —Matilde sonaba devastada.

—¿Cómo has podido seguir a su lado todos estos años? ¿Por qué no lo has denunciado?

Eneas no entendía absolutamente nada. Su cabeza estaba a punto de estallar. Era lo último que podía haberse imaginado.

—Tu padre me amenazó con tus hermanos y no me quedó otra opción que fingir estar de acuerdo con él, aunque llevamos todos estos años haciendo vida juntos únicamente de cara a la galería. Pero ahora tu hermana está embarazada y va a tener un niño… Y tengo mucho miedo de que le haga algo cuando nazca.

A Eneas le hizo muchísima ilusión enterarse de que iba a ser tío, pero le era imposible mostrar otra emoción que no fuera terror ante todo lo que su madre le estaba contando. Su padre era un monstruo.

—¿Y mis hermanos por qué nunca me buscaron? Si entiendo que ellos no saben nada de todo esto…

—Tu padre se encargó de meterles ideas en la cabeza, pero estoy segura de que si habláis, podéis llegar a entenderos de nuevo.

Eneas, pese a desear volver a tener relación con sus hermanos, solo podía pensar en que debía enfrentar a su padre más tarde o más temprano. Ese hombre tenía que pagar por todo lo que había hecho sufrir a su familia.

—Mamá, ¿tienes pruebas de todo lo que me has contado?

—Supongo que tu padre guarda todo ese material pornográfico en algún lugar de la casa. ¿En qué estás pensando?

—Tenemos que denunciarlo y entregar todas esas grabaciones a la policía, solo así se podrá hacer justicia —dijo Eneas, firme.

Matilde, muerta de miedo por lo que pudiera pasar tras su confesión, le prometió a su hijo que estaba dispuesta a todo por hacer lo correcto. Aunque en el fondo, Eneas entendía el miedo de su madre a denunciar a su padre, ya que él tenía el mismo miedo de hacerlo con Borja. No era fácil dar el paso, pero tenían que ser valientes para terminar con aquel horror.

Los últimos diez años de su vida habían sido una completa mentira, pero lo cierto era que no podía reprocharle nada a su madre. Si todo lo que le había contado era cierto, Matilde lo había protegido siempre, aunque fuera alejándolo de los suyos.

Le costaba muchísimo dar crédito a que su padre fuera un pederasta y que él hubiera sido objeto de su deseo. Un escalofrío le recorría la espalda cada vez que lo pensaba. Jamás había sentido algo tan repulsivo… A partir de aquel día, la vida de Eneas no volvería a ser la misma. Tenía muchísimo que asimilar.

19

Tras despedirse de su madre y acordar que no harían ningún movimiento por el momento, hasta que encontraran las pruebas, Eneas llamó a Lucas; necesitaba desahogarse con él.

Quedaron en casa para tener un ambiente más íntimo, ya que el tema de conversación lo merecía. Abrazó a su amigo y lloró a mares, desconsolado... Lo que no había sido capaz de hacer frente a su madre. Lucas lo consoló y lo escuchó con atención, intentando tranquilizarlo a la vez que su expresión de sorpresa y horror crecía por momentos.

—Si todo esto es verdad, no podéis arriesgaros a que tu sobrino nazca y esté cerca de él. Tenéis que encontrar las pruebas y poner la denuncia cuanto antes.

Esas mismas palabras de Lucas, Eneas las llevaba repitiendo en su cabeza desde hacía rato. ¿Pero por dónde empezaban? Su madre le había prometido rebuscar entre los objetos personales de su padre. Pero ¿y si había destruido las grabaciones por precaución? ¿Y si no había pruebas? La situación no era para nada sencilla. Solo le quedaba esperar.

Gonzalo se unió a ellos durante la tarde y también lo pusieron al día del delicado asunto que los ocupaba. Los tres, devastados por la noticia, pasaron la tarde haciendo conjeturas, pero llegando siempre a la misma conclusión: sin pruebas poco podían hacer.

En esos momentos tan duros, Eneas agradecía muchísimo tener a sus amigos a su lado, pero no podía dejar de reconocer lo mucho que le gustaría estar entre los brazos de Abril... Ella, con sus besos y sus caricias, era la única que podía tranquilizarlo y darle un rato de paz y serenidad. Así que, al caer la noche, se propuso recogerla al salir del trabajo.

—¿Qué haces tú aquí? —Abril se sorprendió mucho al verlo.

—Tenía ganas de verte. ¿Tienes planes?

—La verdad es que no, me iba directa para casa de Julia.

—Ven a casa conmigo, te necesito.

Abril se mordió el labio inconscientemente. No podía negarse que se moría de ganas por volver a estar con Eneas, pero la culpa tan grande que sentía con respecto a Oliver no la dejaba guiarse por sus impulsos más primarios.

—Eneas, ya sabes que mi situación ahora es delicada… No deberíamos.

—Por favor… —le agarró las manos con fuerza—. De verdad que te necesito.

Era imposible darle una negativa con esa mirada tan triste, y decidió acompañarlo a casa.

Una vez allí, Eneas preparó un picoteo para cenar y abrió una botella de vino mientras le contaba todo.

—Ahora todo me cuadra… —dijo Abril, tras escuchar toda la historia y permanecer un rato perpleja.

—¿A qué te refieres? —preguntó Eneas, curioso.

—Cuando estabas en el hospital, presencié cómo tu madre le prohibía a tu padre que se acercara a ti y lo culpaba a él de todo —suspiró—. Pensé que se refería a haberte echado de casa, pero está claro que se refería a esto… Es absolutamente abominable.

Ese testimonio de Abril confirmaba y no dejaba duda alguna del relato de su madre, y lo hizo todo aún más real.

Abril lo abrazó con fuerza. No podía ni imaginarse cómo debía sentirse Eneas en esos momentos, y le nació besarlo con dulzura en los labios. Oliver había vuelto a desaparecer de su mente.

Eneas le devolvió el beso con pasión, tenía tantas ganas de volver a sentirla que no perdió el tiempo y comenzó a despojarse de la ropa. En cuestión de segundos se vieron envueltos en una vorágine de pasión desenfrenada.

Se deseaban. Esa era la realidad más grande que tenían en esos momentos, y se centraron en disfrutar de sus cuerpos, cálidos y ansiosos. Abril lo cabalgó con mucho ímpetu mientras disfrutaba observando sus gestos de placer. Ambos alcanzaron el clímax y se dejaron caer sobre la cama sin dejar de abrazarse ni un solo instante.

—Te quiero —le dijo Eneas.

Abril lo miró sin saber qué responder. Sabía que Eneas sentía cosas por ella, pero un «te quiero» le parecía demasiado grande. Eneas se dio cuenta de su incomodidad y reaccionó con rapidez:

—Perdona, no quería asustarte.

Pero ya era tarde. Abril se vistió apresuradamente y salió corriendo de allí. Ella quería a Oliver, era su novio de toda la vida, su compañero de vida, su todo. Eneas la excitaba, le gustaba su compañía y lo apreciaba muchísimo… Pero no estaba enamorada de él, de eso estaba totalmente convencida.

Eneas se llevó las manos a la cabeza, arrepentido de haber expresado con palabras lo que sentía. Pero ya era tarde, Abril se había marchado y, quizás, ya nunca volvería.

20

Tras llevar ya un par de semanas en casa de Julia, Abril extrañaba su hogar y, sobre todo, a Oliver. Nunca habían estado tanto tiempo separados; cada día que pasaba anhelaba más su compañía.

Y, aunque había vuelto a caer en la tentación de Eneas, estaba dispuesta a renunciar a esa atracción desmedida que sentía por él y centrarse en su compromiso con Oliver.

Había tenido cientos de conversaciones con Julia en esos días, y todas concluían en que Oliver y ella habían formado una vida juntos y tenía que recuperarla. Eneas era una bocanada de aire fresco, alguien de quien disfrutaba en compañía, pero todo era más físico que sentimental. Por eso le chocó tanto aquel «te quiero» tras su último encuentro. ¿De verdad Eneas se había enamorado de ella?

Jamás se había planteado llegar con él a ese punto y estaba totalmente desconcertada.

Lo único que la hacía desconectar era el curso de fotografía, en el que la estaban ayudando muchísimo con su proyecto. El montaje de Eneas frente a Alhena estaba quedando espectacular.

—Es un trabajo impecable.

Esa voz. Abril levantó la vista del ordenador y, al girarse, pudo ver cómo Oliver le sonreía. Estaba tan guapo que no pudo contenerse y se lanzó a sus brazos, abrazándolo con fuerza. Él la rodeó y la estrechó con fuerza. Olía a hogar. Abril se sentía de nuevo en casa.

—¿Qué haces aquí? —preguntó al fin, incrédula.

—Julia me ha dejado pasar, quería verte. —Su voz sonaba dulce y suave, como si ya no estuviera enfadado.

—Te he echado mucho de menos —le confesó Abril.

—Yo también. Además, he pensado mucho en nosotros en estos días. —Hizo una pausa—. Mi psicóloga me ha ayudado mucho a canalizar mis emociones y a enfocar las cosas de otra manera.

Abril asintió mientras esbozaba una gran sonrisa. Estaba deseando escuchar lo que Oliver tenía que decirle.

—Lo que está claro es que nos queremos, pero nuestra relación necesita nuevos alicientes. Yo me masturbo con Alhena y tú no has podido resistirte a tener sexo con ella. Eso quiere decir que hay un punto de unión: a los dos nos excita la misma persona.

Abril estaba algo sorprendida; lo último que se imaginaba era escuchar a Oliver hablando en esos términos, pero continuó escuchándolo atentamente:

—Yo me masturbaba a escondidas y tú me pillaste. De no haber sido así, quizás aún no sabrías que fantaseo con Alhena. En cambio, tú fuiste valiente y me contaste tu infidelidad, lo cual te honra. Lo que te quiero decir con esto es que no soy nadie para juzgarte. Los humanos nos equivocamos, pero yo quiero hacer las cosas bien contigo porque me importas.

—¿Y qué propones? —logró preguntar ella.

—He estado pensando en que podríamos experimentar con terceras personas a nivel sexual.

La propuesta de Oliver dejó a Abril sin palabras por unos segundos, hasta que supo qué contestar.

—Oliver, cariño, lo cierto es que Eneas ha sido la única persona que ha despertado ese deseo en mí. No pretendo buscar a terceras personas para que nuestra relación funcione porque yo te quiero a ti y contigo tengo más que suficiente. Si tú me perdonas, yo estoy dispuesta a apartarme de Eneas para siempre. —Le dolieron esas últimas palabras tras pronunciarlas.

—No, Abril. No lo entiendes. —Oliver cogió aire antes de seguir—. Nos queremos y eso no va a cambiar, pero querernos no implica una monogamia. Estoy dispuesto a seguir con nuestra relación como hasta ahora siempre y cuando lo que tengas con Eneas solo sea sexo y me mantengas informado.

Definitivamente, Abril no estaba entendiendo nada. ¿Oliver le estaba proponiendo solucionar las cosas sin privarla de estar con Eneas? ¿Qué sentido tenía aquello?

—Veo que te cuesta encajarlo —continuó Oliver, con una sonrisa en la cara—. Pero he llegado a la conclusión de que debo confiar en lo que sentimos el uno por el otro y darnos libertad sexual. Eso puede enriquecernos mucho como pareja.

Abril se encontraba totalmente dividida. Una parte de ella estaba confusa y recelosa ante la proposición de su chico, pero otra parte de ella estaba totalmente excitada. ¿Qué le estaba pasando?

¿Cómo era posible que sus partes más íntimas se estremecieran al imaginarse la situación?

—Oliver, no sé qué me pasa… Pero se me acaba de encender el fuego interno.

Oliver se acercó, la besó en los labios con dulzura, luego le besó el cuello y mientras le metía la mano por debajo del vestido, le susurró al oído:

—¿Ves? De esto se trata, de dejarnos llevar. Como el día que te follé pensando en Alhena.

Abril se excitó aún más al recordar aquel momento y un leve gemido salió de entre sus labios al sentir los dedos de Oliver en su interior.

—¿Julia ha salido? —preguntó Abril, casi susurrando.

—Sí, me dejó pasar y bajó a tomar café con su hija. Estamos solos.

Abril se acercó al oído de Oliver y le dijo bajito:

—Me lo he vuelto a follar.

Oliver se enloqueció, besando a Abril con pasión mientras la desnudaba.

—Te gusta cómo te lo hace, ¿verdad?

Las preguntas de su chico la excitaron aún más. Ella le contestaba mientras él saboreaba su entrepierna con deseo.

—Oliver… ¿Qué estamos haciendo? Esto no está bien… —Abril se estaba arrepintiendo por momentos de aquel juego erótico, pero no podía parar.

—Jugar juntos, eso estamos haciendo. —Esas fueron las últimas palabras de Oliver antes de penetrarla con todas sus fuerzas y hacerla gozar como si de su última vez se tratase.

Esa misma noche, tras agradecerle su hospitalidad y su amistad a Julia, Abril volvió a casa con Oliver. Le supo a gloria sentarse en su sofá; había extrañado muchísimo su hogar y, sobre todo, a su novio. Oliver se sentó a su lado, la abrazó y la besó fuertemente en la mejilla.

—Vamos a superar esto juntos, ya lo verás —dijo Oliver, convencido.

Abril lo miraba con admiración… ¿Cómo podía ser tan bueno y comprensivo con ella?

Lo cierto era que su relación había dado un giro demasiado drástico y era incapaz de asimilarlo.

—Oliver, quiero darte lo mejor de mí y olvidarme de todo lo demás. ¿Por qué no nos dejamos de juegos y nos centramos en nosotros de nuevo? Yo solo quiero estar contigo. Casémonos.

Las palabras de Abril nacieron de lo más profundo de su ser. Le excitaban los juegos sexuales en ciertos momentos y su mayor tentación había sido Eneas, pero quería seguir formando una vida con Oliver y dejarlo todo atrás.

—¿Estás segura? —preguntó Oliver, dubitativo—. Sabes que estoy dispuesto a salvar nuestra relación de cualquier forma, incluso intentando lo que hemos hablado esta tarde.

—Oliver, te voy a ser más franca aún si cabe: Eneas está enamorado de mí, no es solo sexo.

El gesto de Oliver cambió de repente, tornándose serio. Abril continuó:

—Yo también empecé a sentir cosas por él, pero me he dado cuenta de que solo es atracción sexual y un cariño especial. No es amor. Amor es lo que siento cuando te miro y cuando estoy en tus brazos. Amor es lo que llevamos construyendo desde hace ya diez años. Amor es crecer y aprender juntos, como hemos estado haciendo hasta ahora. Amor es perdonar y ser generoso, como tú lo estás haciendo conmigo. Amor es sinceridad, y eso quiero contigo a partir de ahora. —Suspiró—. No más Eneas, no más Alhena, solo tú y yo.

—¿Y de verdad crees que podrás controlarte? Mi intención no es cohibirte, al contrario. Me gustaría que, mientras no me mintieras, hicieras lo que te hiciera feliz en cada momento. Al igual que yo pretendo hacerlo si tengo oportunidad. Quizás no nos haga falta buscar a nadie, pero si surge, ¿por qué privarnos? Puede que tantos años juntos, con la misma rutina, hayan causado una brecha entre nosotros, pero creo que podemos dejarnos llevar y ver qué pasa. Y sé que me arriesgo a que tú también te enamores de él y perderte para siempre, pero creo que ambos necesitamos darnos cuenta de muchas cosas y considero que puede ser una buena manera de hacerlo.

Abril ya no tenía fuerzas de seguir debatiendo; Oliver tenía las ideas muy claras y ella solo quería disfrutar de su cercanía.

—Y si —dijo Oliver de repente— cuando llegue el momento, si somos capaces de superar esto, nos casaremos y formaremos una familia.

Y, siendo totalmente honesta consigo misma, esa idea comenzaba a ser música para los oídos de Abril.

21

Era la primera vez que Abril y Eneas pasaban tanto tiempo sin verse desde que se conocieron, aunque habían mantenido el contacto por correo electrónico debido al trabajo fotográfico que tenían en común. Abril le había mandado las fotos para que las viera y le diera su aprobación para exponerlas en el próximo concurso de fotografía que organizaba el ayuntamiento. La fotografía ganadora vestiría la fachada del consistorio durante el año próximo y para Abril era una grandísima oportunidad para darse a conocer y no quería desaprovecharla.

Eneas quedó encantado con el resultado: las fotografías eran obras de arte y el montaje era absolutamente impecable. Nadie diría que Eneas y Alhena eran la misma persona, ya que en las imágenes se plasmaba a la perfección cómo eran dos personas completamente diferentes admirándose entre sí. Por descontado, no solo le dio a Abril el visto bueno para presentarlas al concurso, sino que alabó su trabajo y le dio su más sincera enhorabuena.

Desde su último encuentro, Eneas había entendido que Abril no tenía intención de volver a tener cercanía alguna con él y, aunque le dolía, tenía que aceptarlo. Seguía con sus *shows* nocturnos, sus amigos, y de vez en cuando intentaba saber de su madre, pero no era tan fácil, ya que la mayoría del tiempo no estaba sola.

Todo lo que le había sucedido en los últimos meses había sido difícil de digerir, pero había resultado ser más fuerte mentalmente de lo que él mismo creía: se había enamorado de una chica que, por desgracia, no le correspondía; casi muere a manos de su expareja; descubre que su padre es el ser más repugnante que se podía imaginar...Y aún seguía en pie y con ganas de vivir y comerse el mundo. No iba a consentir que nada ni nadie apagara su luz.

Era cierto que le preocupaba mucho la situación de su madre, pero por protegerla debía esperar el momento adecuado antes de actuar. Mientras tanto, había tomado la decisión de seguir con su vida e intentar que le afectara lo mínimo posible. Era, sin duda, lo más sano para él.

Lucas y Gonzalo almorzaban con él prácticamente todos los días, así que Eneas no se extrañaba cuando aporreaban la puerta y entraban arrasando con las bolsas de comida a domicilio. Pero ese día fue diferente; Lucas entró gritando una noticia que a Eneas le provocó una gran ilusión.

—¡Eneas, esta noche viene al club un representante que está muy interesado en tu *show*!

Los dos amigos se agarraron de las manos y comenzaron a saltar juntos de la emoción.

—¡Ay, Lucas! No me lo puedo creer. —decía Eneas, eufórico—. ¡Tengo que darlo todo! ¡Es la oportunidad que tanto estaba esperando!

—Esta noche vas a estar más increíble que nunca y Gonzalo y yo te vamos a ayudar.

Gonzalo llegó al rato, cargado de vestidos brillantes, accesorios... Dedicaron la tarde a transformar a Eneas en una Alhena superior a la habitual y a crear un *show* que los dejara a todos con la boca abierta, en especial al representante. Todo tenía que salir perfecto.

Aquella noche el local se llenó más de lo habitual. Se notaba el esmero que Lucas y Gonzalo le habían puesto en que todo estuviera ideal para recibir a Miguel Ángel Molinero, que así se llamaba el conocido representante de nuevos artistas.

Alhena salió a escena con esa seguridad y elegancia que tanto la caracterizaba, hipnotizando a todos los allí presentes con su imagen elegante y su expresión facial y corporal al ritmo de la música.

Hubo varios momentos de la noche en los que Lucas tuvo que secarse las lágrimas al ver a su amigo brillar con tantísima pasión.

Alhena versionó varias canciones de las más grandes del folclore español, haciendo que aquella pequeña y acogedora estancia diera la sensación de ser un gran teatro pisado por una gran artista que se merecía ser admirada por su entregado público.

Miguel Ángel se acercó a presentarse tras el largo y cálido aplauso del público que no hacía más que pedir a gritos que Alhena volviera al escenario a interpretar otra canción.

—Es un placer, Alhena. Tienes un gran talento sobre el escenario y tu imagen es deslumbrante.

Alhena agradeció inmensamente las palabras del representante y le hizo saber lo halagada y afortunada que se sentía de haber contado con su presencia.

—Estoy buscando talentos como el tuyo para participar en el primer *reality show* protagonizado por *drag queens,* aquí, en España.

—¿En serio? —Alhena no daba crédito a las palabras de Miguel Ángel—. ¿Un programa de televisión?

—Si te apetece, podemos vernos mañana con más tranquilidad para hablar de las condiciones legales y términos de contrato.

Si estuvieras interesada, tendrías que pasar un par de *castings* y esperar a que comiencen con el rodaje.

Alhena concretó una cita con Miguel Ángel al día siguiente para hablar del asunto con más tranquilidad y profundidad, ya que el local no era el lugar idóneo para ello.

Cuando se lo contó a sus amigos, lo celebraron a lo grande. Estaban tan emocionados de pensar que Alhena podría participar en el primer *reality show* de *drag queens* de España que se pasaron el resto de la noche fantaseando de cómo sería, con la misma ilusión que un niño en la noche de Reyes.

—Me encantaría contárselo a Abril —dijo Alhena en un momento de debilidad.

—Olvídala, ella ha decidido volver con su novio y hacer su vida —contestó Lucas con falsa frialdad.

—Aunque si exponen las fotografías que te hizo, tendrás que ir al evento, ¿no? —apuntó Gonzalo.

Exactamente, era algo en lo que llevaba pensando unos días. Y estaba seguro de que con el gran trabajo que había hecho, Abril ganaría ese concurso de fotografía y expondría sus fotos próximamente. Y si eso pasaba, se verían las caras de nuevo, frente a frente, ya que no se iba a perder una exposición de la que era protagonista.

Sus amigos le insistieron en cambiar el tema y seguir celebrando la buena nueva. Brindaron varias veces, cantaron, bailaron… Alhena volvió a actuar, deleitando a su público, y terminaron la noche marchando juntos a casa, agarrados del brazo como tres señoras bien avenidas.

Eneas llegó a casa y comenzó a saltar de alegría hasta caer boca arriba sobre la cama. Si todo salía bien, su padre acabaría preso, su madre sería libre y él podría recuperar su relación familiar, además de dar un salto en su carrera y poder olvidarse de Abril para siempre. Aunque esto último deseaba que fuera diferente.

Esa noche, pese a todos los problemas que tenía en mente, Eneas consiguió conciliar el sueño como hacía tiempo que no lo hacía. Estaba feliz de que su trabajo, con el que tanto disfrutaba, hubiera sido valorado por un experto y su talento tuviera la oportunidad de ser mostrado al mundo.

Abril, por su parte, estaba muy centrada e implicada en sus estudios de fotografía. Los compaginaba lo mejor que podía con sus turnos de trabajo y con su relación con Oliver, que estaba mejor que nunca.

Desde su última conversación, sus encuentros sexuales eran mucho más morbosos y apasionados de lo que acostumbraban, y eso les hacía estar de mejor humor y con más ganas de pasar tiempo juntos. Aunque la terapia de Oliver también tenía mucho que ver en cómo fluía todo, ya que él estaba más relajado y enfocaba la vida desde otra perspectiva, y eso hacía que Abril se sintiera plena en su compañía.

Oliver seguía con la idea de ir a probar a un club de intercambio o contactar con un tercero por algún chat de encuentros, pero Abril no lo terminaba de ver claro, aunque le excitara la idea. Su rutina como pareja estaba cambiando; estaban abriendo sus mentes a nuevas experiencias juntos y ella no veía la necesidad de sumar a alguien más. Pero la realidad era que, al hablar del tema y fantasear con el asunto, terminaban teniendo unas prácticas sexuales increíblemente placenteras.

En más de una ocasión habían vuelto a hablar de Eneas/ Alhena mientras estaban en la cama y era, con diferencia, lo que más los ponía a tono.

—¡Me han aceptado las fotografías para el concurso! —exclamó Abril, feliz tras leer el correo a primera hora de la mañana.

—No me cabía duda de que te lo iban a aceptar. Es un trabajo exquisito —dijo Oliver mientras la abrazaba por detrás y la besaba en la mejilla, orgulloso.

—En los próximos días anunciarán al ganador, hay que estar atentos.

Abril se sentía llena de ilusión y de ganas por seguir adelante con su formación. Incluso se estaba planteando la idea de, en un futuro no muy lejano, dedicarse plenamente a la fotografía y dejar por fin de trabajar en el supermercado. Algo que Oliver apoyaba y secundaba, ya que le dolía la boca de repetirle hasta la saciedad todo el talento que tenía y que estaba desperdiciando.

Aquella mañana, sin saberlo, Abril y Eneas se encontraban igual de ilusionados con respecto a su futuro laboral. Cuando se cruzaron por la calle, saludándose con la mano a unos pocos metros de distancia, mientras Abril se dirigía al trabajo y Eneas a su encuentro con Miguel Ángel, ambos atisbaron un brillo especial en los ojos del otro. Aunque no cruzaron palabras, les bastó para entender que los dos estaban en un buen momento.

22

—¡Van a exponer mis fotografías!

El grito de alegría de Julia fue más escandaloso que la exclamación de sorpresa de Abril. Las amigas se abrazaron con fuerza y emoción mientras el resto de la plantilla se acercaba a darle la enhorabuena a su compañera.

Las lágrimas bañaban sus mejillas tras haber recibido la noticia de que había ganado el concurso de fotografía local y su trabajo iba a ser expuesto. No daba crédito a lo que estaba viviendo. Llamó rápidamente a Oliver para darle la noticia, y este la felicitó emocionado mientras le dejaba claro que él nunca había dudado de que ese momento llegaría.

Incluso los clientes se interesaron por lo que estaba pasando, dejando sus puertas abiertas para futuros trabajos fotográficos, lo cual gratificó muchísimo a Abril.

Según le habían informado, recogería el premio esa misma noche y la exposición comenzaría ese mismo fin de semana y estaría abierta al público todo un mes. Era lo más cerca de su sueño que había estado nunca.

Al terminar la jornada, Abril corrió a casa para elegir qué ponerse para recibir el premio, y tras contemplar varias opciones, optó por un traje de chaqueta beige y una blusa blanca satinada.

Aprovechó que tenía unas sandalias blancas a juego con el bolso para completar el conjunto. Se lo probó ante el espejo e hizo ademán de hacerse una cola de caballo, pero finalmente decidió lucir su rubia melena suelta.

—¡Estás espectacular! —dijo Oliver al verla.

Se besaron y abrazaron con fuerza. Oliver acababa de llegar de la farmacia.

—¿Tú qué te vas a poner? —preguntó Abril con una gran sonrisa.

—Cariño, vas a tener que avisar a Julia para que te acompañe; yo hoy tengo turno partido y me toca volver esta tarde.

La sonrisa de Abril desapareció al instante… Tenía tantas ganas de que Oliver la acompañara a recoger el premio que no se había parado a pensar en los horarios de trabajo.

—Bueno, avisaré a Julia. No me gustaría ir sola por nada del mundo.

Oliver le dio un fuerte abrazo acompañado de un «siento no poder acompañarte» y seguido por un dulce beso en los labios.

—Estoy muy orgulloso de ti. Sabía que lo conseguirías.

Abril sabía que Oliver había creído siempre en ella más que ella misma, y le agradecía tantísimo apoyo. Cada día estaba más feliz de tenerlo a su lado.

Comieron juntos algo de pasta, pero Abril tenía el estómago cerrado de los nervios y solo podía pensar en recoger el premio.

Llamó a Julia después de comer para pedirle que, por favor, la acompañara al evento, pero justo tenía un compromiso familiar del que no podía zafarse.

—¿Por qué no avisas a Eneas? —preguntó Oliver tras la negativa de Julia—. Al fin y al cabo, es el protagonista de las fotografías y quizás pueda acompañarte a la entrega de premios.

Abril se ruborizó solo de pensarlo. ¿Ir con Eneas? Realmente no sonaba tan descabellado, pero llevaban tanto tiempo evitándose que ni siquiera se lo había planteado.

—¿No te importaría que fuera con él? —preguntó Abril, casi susurrando.

—Ya sabes todo lo que hemos hablado este tiempo. Confío en tus sentimientos hacia mí.

Esas palabras de Oliver fueron definitivas para la decisión final de Abril, que besó a su chico con fuerza y, a continuación, marcó el número de Eneas.

—¿Diga? —La voz de Eneas seguía haciéndola vibrar con solo oírla.

—Hola Eneas, soy Abril. —Silencio—. Te llamo para comunicarte que hemos ganado el concurso y esta noche recibimos el premio.

—¡Abril, qué sorpresa! —El tono de Eneas era de incredulidad total—. Mi más sincera enhorabuena, de corazón. Hiciste un trabajo impresionante.

—Muchas gracias. —Suspiró—. ¿Te gustaría acompañarme a recoger el premio?

Por unos segundos, Eneas no supo bien qué decir; aunque esa noche actuaba, quizás le daría tiempo a acompañarla. Se moría de ganas de verla.

—¿Te importa si es Alhena quien te acompaña? —dijo Eneas, al fin.

Oliver observaba detenidamente cada reacción de Abril al teléfono y se le acababa de dibujar una sonrisa de oreja a oreja.

—Será todo un honor ir en compañía de una reina.

Y así fue. Al atardecer, Abril y Alhena se encontraron en la puerta del Ayuntamiento. Alhena había optado por una versión más discreta de sí misma, pero estaba igualmente arrebatadora con aquella peluca negra, larga y ondulada, y un vestido plateado a la altura de las rodillas, de escote barco y media manga. Los zapatos de tacón eran de un negro resplandeciente, a juego con el bolso, el collar y los pendientes. No le faltaba detalle alguno. Abril la admiró durante varios segundos y ambas se halagaron mutuamente y se saludaron con dos besos.

Fue una situación extraña, y no solo por lo que sentían, sino porque era la primera vez que veía a Alhena fuera de La Escena y todo el mundo que pasaba por la calle la miraba con descaro.

Algunos la admiraban, otros la criticaban, pero ella llevaba la cabeza alta y obviaba las miradas indiscretas de los vecinos.

Entraron al salón de actos del Ayuntamiento tras pasar por el control policial y se acomodaron en los asientos que les asignó la azafata. Todo el mundo les sonreía de una forma algo exagerada debido a lo mucho que Alhena llamaba la atención, pero, lejos de incomodarlas, les pareció divertido.

El acto comenzó unos minutos después de que todos los presentes se acomodaran, y tras unas palabras del consejero de Cultura y Festejos, el alcalde comenzó con la entrega de premios de las diferentes categorías.

—Y en la categoría de fotografía artística, el primer premio lo obtiene Abril Mencía por su proyecto titulado *El reflejo de lo que soy*. Un fuerte aplauso para ella.

Abril se levantó, pudorosa, y se dirigió al escenario a recoger su trofeo mientras todos los allí presentes aplaudían sin cesar al ver cómo las fotografías se proyectaban una tras otra en la pantalla de cine que presidía el salón. Alhena se emocionó al ver cada una de las imágenes en las que sus dos personalidades se unían por primera vez. Fue un momento único y muy emotivo.

—Buenas noches a todos —dijo Abril, con la voz temblorosa, cuando le cedieron el micrófono—. Este premio ha sido mi primer y más especial proyecto de fotografía, y aún no me creo que lo esté recibiendo. Gracias de corazón al jurado que ha confiado en mi talento. Esto me motiva a seguir creciendo como profesional con más ilusión aún. —Hizo una leve pausa, respiró y continuó—: Pero también quiero agradecer a todas las personas que han estado a mi alrededor apoyándome con este trabajo. —Sus ojos, en la distancia, se clavaron en los de Alhena—. En especial, a la protagonista absoluta, ya que sin su imagen el resultado no hubiera sido el mismo ni por asomo. —Ambas sonrieron, emocionadas—. Pido un fuerte aplauso para mi musa y protagonista de *El reflejo de lo que soy*… ¡Alhena!

Alhena se levantó de su asiento para recibir el aplauso de un público que no era el que ella acostumbraba, pero que aun así le estaba mostrando respeto y admiración. Abril y Alhena se asintieron la una a la otra en señal de agradecimiento mientras el aplauso no cesaba.

El resto de los premios también fueron emotivos, pero para Abril y Alhena ya nada más existía alrededor.

23

—Ha sido muy emocionante —dijo Alhena al salir.

—De nuevo, gracias por todo. Eres magia.

Alhena sintió la necesidad de besarla, pero se contuvo. Aun así, quería pasar más tiempo con ella.

—¿Te apetece que tomemos algo antes juntas? Aún tengo un rato libre antes de actuar.

Abril no estaba segura de que fuera una buena idea, pero finalmente accedió y fueron a un bar que quedaba cerca de sus respectivas casas. Pidieron un par de copas de vino y brindaron por el premio obtenido.

—Yo también tengo buenas noticias, ¿sabes? —anunció Alhena, entusiasmada.

Abril se interesó muchísimo y le pareció increíble la oportunidad que le estaban ofreciendo.

—El representante me explicó que el programa se comenzaría a rodar en un par de meses, en Madrid. Por lo tanto, si me decido a presentarme a los *castings* y me eligen, tendría que mudarme allí un tiempo.

—¿Y de verdad te lo estás pensando? —Abril sonaba incrédula—. Es la oportunidad de tu vida.

—No te niego que es muy tentador, pero acabo de volver a mi tierra, me estoy redescubriendo a mí mismo, estoy disfrutando de mis amistades, conociendo gente nueva… Y bueno, mi plan familiar ahora mismo no es el más idóneo. —Suspiró—. No sé si me iría con tranquilidad dejando a mi madre en manos de ese monstruo después de todo lo que me confesó. Me gustaría dejar las cosas bien atadas antes de tomar una decisión anticipada.

Alhena sonaba tan madura cuando hablaba de esa forma tan firme que Abril se quedaba totalmente embelesada escuchándola.

La hora de trabajar de Alhena se acercaba, así que decidieron terminar la copa de vino y despedirse, pero justo al bajar del taburete en el que estaban sentadas, Abril dio un grito y su copa de vino cayó al suelo haciéndose añicos.

—¿Estás bien? —Alhena dio un salto de su banqueta y sujetó a Abril, que por un momento había perdido la estabilidad.

—Mierda, creo que me he doblado el pie al bajar —resopló—. ¡Cómo duele!

Alhena pidió la cuenta y se disculpó con la camarera por la copa rota mientras pagaba. Sujetó a Abril por la cintura y le dijo que se agarrara bien a ella.

—Te acompaño a casa, así no vas a poder llegar tú sola.

Abril se lo agradeció de corazón y, aunque estaban cerca, el camino se le hizo eterno. Aunque se le fue pasando el dolor por momentos. Seguramente la molestia había sido fruto de un mal gesto, pero no se trataba de nada grave. Aun así, Alhena insistió en acompañarla hasta la misma puerta de su casa para asegurarse de que nada malo le pasara.

—Gracias por todo, de verdad. Eres una de las personas más especiales que he conocido —dijo Abril, con toda la sinceridad del mundo.

Alhena no le contestó con palabras, pero le acarició la cara en un gesto lleno de cariño y dulzura. Abril miró sus labios y le apetecieron tanto que no pudo contenerse. Fue un beso diferente a los anteriores… Fue un beso dulce, tierno… No podían ni querían parar.

—Buenas noches —interrumpió Oliver, que acababa de aparecer frente a ellas.

Abril lo miró intentando descifrar si su expresión era de enfado, pero no notó ni un atisbo de furia en su mirada. Lo que sí percibió fue un fuego que últimamente se estaba acostumbrando a sentir.

—De verdad, Oliver, no te enfades con ella, ha sido mi culpa —dijo Alhena, que no se había sentido más incómoda en su vida.

Oliver les sonrió, se acercó a su novia y la besó con pasión frente a Alhena, la cual no entendía nada. Abril y Alhena se miraron con incertidumbre mientras Oliver abría la puerta de casa.

—¿Quieres pasar? —dijo el chico tendiéndole la mano a Alhena.

—¿Qué está pasando aquí? —preguntó ella, dubitativa.

Abril notaba cómo su fuego interno se apoderaba de ella por momentos. Era la situación más excitante que había vivido hasta el momento.

Alhena la miró y sintió el deseo en su mirada, tenía ganas de estar con ella y la situación también se tornó morbosa para ella. Así que tomó la mano de Oliver, que la acercó a su cuerpo y la besó con lujuria.

Abril cerró la puerta de casa mientras contemplaba cómo las dos personas que ocupaban sus pensamientos y su corazón se besaban y la invitaban a unirse… Y se unió.

Jamás se hubiera imaginado sentir lo que sintió aquella noche. Tres cuerpos desnudos, devorándose, haciéndose el amor con la boca, los ojos y las manos. Oliver penetró a Alhena mientras

Alhena penetraba a Abril. Los tres gozaban entre besos, caricias y gemidos. Abril tocó el cielo cuando sus dos amantes estuvieron dentro de ella al mismo tiempo. Sintió el mayor placer de su vida.

24

Era la primera vez que Alhena faltaba a su puesto de trabajo, y aunque Lucas y Gonzalo salvaron la noche con sus *shows*, le reclamaron a Eneas su falta de compromiso.

—Lo siento mucho, de verdad… No he podido controlar la situación.

Eneas se arrepentía de haberle fallado a sus amigos, pero jamás se arrepentiría del rato tan excitante que había pasado con Abril y Oliver. Había disfrutado como nunca de Abril, de su cuerpo, de su aroma, de sus besos y caricias… Y Oliver había resultado ser un amante increíble.

—Esa chica va a acabar por destrozar tu vida, Eneas… ¿Cómo se te ocurre meterte en la cama con ella y con su chico? —Lucas estaba entre disgustado y preocupado por su amigo.

—Te recuerdo que también me acosté con vosotros y me convencisteis de que no tenía importancia —contestó Eneas, tras sentirse atacado.

—¡No es lo mismo! ¡Por el amor de Dios! —Lucas se echó las manos a la cabeza—. Tú estás enamorado de Abril y acostarte con ella no te va a ayudar a olvidarla…

Eneas sabía que su amigo llevaba toda la razón, que se estaba conformando con las migajas que Abril le ofrecía y eso acabaría por destrozarlo.

—A mí la chica me cae genial —aclaró Lucas—. Pero hay que reconocer que no está haciendo las cosas bien. Me da la sensación de que te está utilizando como un juguete sexual que ahora también comparte con su pareja, pero que poco le importa cómo tú puedas sentirte.

Esas palabras le cayeron a Eneas como un jarro de agua fría. Lo cierto era que Abril sabía de sus sentimientos hacia ella y aun así no había parado la situación. Pero tampoco la podía culpar a ella de todo, ya que los tres eran adultos y sabían perfectamente lo que estaban haciendo.

—Lo hemos pasado increíble, pero no puede volver a pasar… Tengo que conseguir alejarme de ella para siempre o voy a terminar por volverme loco.

Eneas rompió a llorar. Lucas lo abrazó con fuerza.

—Creo que hemos sido muy egoístas con Alhena —confesó Abril.

Oliver y ella permanecían en la cama, desnudos y abrazados. Aún no habían sido capaces de asimilar lo que habían hecho.

—¿Por qué dices eso? —preguntó Oliver, extrañado.

—Porque él me quiere, me lo dijo. Y, aun así lo hemos utilizado para satisfacer nuestras fantasías sin pensar en cómo se pudiera sentir después.

Oliver intentó hacer entender a Abril que ninguno de los dos había obligado a Alhena a meterse en la cama con ellos, que lo había hecho de una forma totalmente libre y consciente, pero ella no se sentía del todo conforme. Había sido la mejor noche de su vida, pero al mismo tiempo no podía dejar de sentirse culpable.

—Creo que mañana hablaré con él. Por mucha atracción sexual que exista entre nosotros y muy bien que lo pasemos juntos, no quiero hacerle daño.

Abril sintió que su chico entendió finalmente cómo se sentía, ya que la abrazó con fuerza y la besó en la frente con ternura. Aún no podía creer el encuentro sexual a tres que habían tenido; jamás en su vida lo hubiera imaginado. Y ahí seguían, juntos, abrazados y queriéndose más que nunca.

Seguramente mucha gente no lo entendería, pero ellos estaban en su mejor momento como pareja.

Finalmente, tras unos cuantos besos y caricias más, cayeron sumidos en un profundo sueño del que no despertarían hasta el amanecer.

A Eneas lo despertó el teléfono. Se despertó algo aturdido, ya que apenas había podido conciliar el sueño hasta altas horas de la madrugada debido a sus preocupaciones. Al principio le costó reconocer la voz de su madre al otro lado del teléfono.

—Eneas, hijo… No tengo mucho tiempo —dijo Matilde, casi susurrando.

—¿Mamá? ¿Estás bien? —Eneas se espabiló de repente.

—He encontrado la caja con las grabaciones, ¿qué hacemos ahora?

Por un momento a Eneas se le cortó la respiración. Con esas pruebas, su padre al fin pagaría por todo el mal que había causado. La voz de su madre sonaba temblorosa, pero Eneas le aconsejó que mantuviera la calma y esperara a que él estuviera allí para acudir a las autoridades juntos.

Se dio una ducha rápida, se vistió con lo primero que encontró tirado sobre la cómoda y salió de casa a la mayor brevedad posible para enfrentarse a una de las situaciones más difíciles de su vida. Pero para su sorpresa se topó de frente con Abril al salir de casa.

—¿Qué haces aquí? —preguntó Eneas, algo alterado.

—Precisamente venía a hablar contigo, no podía dejarlo pasar más tiempo… ¿Estás bien?

Abril notó a Eneas nervioso; sintió que algo estaba pasando.

—Me pillas en un mal momento. ¿Te parece si lo dejamos para otra ocasión?

Y dicho esto, le dio una palmada en el hombro y se marchó a paso ligero. Abril se quedó perpleja ante tal reacción.

Eneas solo podía pensar en encontrarse con su madre, coger las cintas y llevarlas a la policía, pero al llegar frente a la que un día fue su casa se quedó paralizado durante unos instantes.

Matilde salió a recibirlo y lo invitó a pasar con cautela; su padre no estaba en casa, pero podía volver en cualquier momento, tenían que actuar con rapidez. Eneas no pudo evitar emocionarse al volver a ver el interior de la casa en la que había crecido… Cuántos buenos y malos recuerdos albergaban esas cuatro paredes…

—Aquí están las cintas, hijo mío. —Matilde puso una antigua caja de madera en manos de su hijo.

—Ven conmigo, mamá —dijo Eneas, superado por la situación.

—Es mejor que me quede aquí, así puedo controlar a tu padre en caso de que note algo raro.

Eneas se negaba a abandonar a su madre a su suerte y la agarró del brazo, arrastrándola hacia la calle. Matilde trataba de zafarse de su hijo cuando su marido los sorprendió al entrar en casa.

—¿Qué está pasando aquí?

A Eneas le impactó mucho tener a César, su padre, frente a él. Sintió un enorme escalofrío recorriendo todo su cuerpo.

—No te acerques. Mamá y yo nos vamos de aquí —consiguió decir Eneas, tajante.

César reconoció el cofre que Eneas sujetaba entre sus manos y su expresión tornó de sorpresa a ira en cuestión de segundos.

—Suelta esa caja ahora mismo. —César comprendía por segundos lo que estaba sucediendo.

—Te vas a pudrir en una cárcel, puto enfermo —dijo Eneas, con impotencia y rabia.

Matilde no era capaz de articular palabra; se había quedado totalmente paralizada.

—No sé qué demonios te habrá contado tu madre, pero es mentira.

Tras esas palabras de César, Matilde se desvaneció, cayendo al suelo totalmente inconsciente. Eneas tiró la caja al suelo y acudió rápidamente a socorrerla y fue entonces cuando César aprovechó el momento de debilidad para intentar estrangular a su hijo con sus propias manos.

—Maricón de mierda… —le dijo con inquina mientras lo cogía por el cuello—. Te voy a matar.

Eneas vio el odio reflejado en los ojos de su padre e intentó zafarse de él, pero el miedo que estaba sintiendo en ese momento lo dejó totalmente petrificado. Estaba a su merced.

De repente, las manos de César perdieron la fuerza y cayó al suelo, redondo. Su cabeza sangraba.

Eneas aún se encontraba exhausto cuando consiguió levantar la vista y divisó frente a él a Abril con la caja de madera en las manos, llena de sangre.

Ambos se miraron incrédulos.

—Abril… ¿cómo…? —Eneas no era capaz de articular palabra.

—Te vi muy raro y mi intuición hizo que te siguiera… ¿Es tu padre?

Eneas asintió mientras se incorporaba. Abril lo abrazó con fuerza.

—Hay que llamar a la policía y a una ambulancia… —dijo Eneas.

Abril se encargó de hacer las llamadas pertinentes mientras Eneas conseguía reanimar a su madre. En cuestión de minutos llegaron las autoridades.

A César, al recuperar la conciencia, se lo llevaron detenido tras la denuncia y la entrega de pruebas de su mujer y su hijo. Madre e hijo se abrazaban y lloraban sin consuelo.

Abril tuvo que declarar y contar el tipo de relación que mantenía con Eneas y por qué había usado la violencia contra César.

—Ya ha pasado todo, mamá —logró decir Eneas esbozando una sonrisa bañada en lágrimas—. Se acabó tu pesadilla.

—Ahora nos queda un largo proceso legal, hijo mío —dijo Matilde—. Y nos toca hablar con tus hermanos.

Abril los contemplaba con ternura. Sabía de su historia y ahora por fin madre e hijo podrían comenzar a tener una relación como se merecían.

Oliver llegó lo más rápido que pudo, tras la llamada de su chica. Abril había decidido que no le iba a ocultar nada nunca más y agradeció mucho tenerlo a su lado en un momento tan complicado.

Lucas y Gonzalo también aparecieron en cuanto pudieron. Todo el apoyo era de agradecer en esos momentos, al igual que las declaraciones, ya que todos conocían de la triste historia.

Eneas, después de todo, no podía estar más agradecido a la vida por la gente que lo rodeaba.

25

Todo lo que había vivido en casa de Eneas hizo que Abril recordara a sus padres. Nunca hablaba de ellos, ya que los perdió con tan solo doce años y fue algo muy traumático para ella. Su abuela le dio todo el cariño del mundo cuidándola y ofreciéndole la mejor educación posible, pero en el fondo jamás pudo llenar el vacío tan grande que aquel accidente de coche le había dejado.

Recordaba a su madre cariñosa y gentil, con ese aspecto *hippie* que la caracterizaba, y a su padre con semblante serio, aunque siempre presente y preocupado por su bienestar. Seguramente no habían sido padres perfectos, pero lo habían hecho lo mejor que habían podido. Se sentía afortunada de haber tenido la familia que tuvo, aunque fuera por poco tiempo.

Lo cierto era que Abril se compadecía mucho de Eneas. Los días posteriores a la detención de su padre no fueron nada fáciles, ya que todos los implicados, familiares y amigos, tuvieron que pasar por el juzgado para prestar declaración y explicar con todo lujo de detalles la relación que tenían entre unos y otros con respecto al detenido.

En las grabaciones no solo había contenido de Eneas, también lo había de otros menores a los que su padre se había dedicado a espiar, e incluso en alguno aparecía el propio César en compañía.

Todas esas pruebas, más los testimonios pertinentes, hicieron que se abriera una investigación sobre las otras posibles víctimas.

—Gracias a las pruebas y los testimonios, mi padre no volverá a pisar la calle —dijo Eneas con firmeza al salir del juzgado.

—Siento mucho todo por lo que estás pasando. —Abril lo abrazó con ímpetu.

—Después de todo me siento muy afortunado, ¿sabes? —confesó Eneas—. Jamás me hubiera imaginado que una situación tan horrible me haría volver a tener a mi madre y a mis hermanos cerca, además de contar con el cariño y apoyo desinteresado de grandes personas como lo sois Oliver y tú, o Lucas y Gonzalo.

Abril sabía que no era el momento, pero llevaba días con una espina clavada que necesitaba sacar para poder respirar en paz.

—Eneas, me halaga mucho que nos aprecies y valores tanto. —Tomó aire—. Pero lo cierto es que no he sido justa contigo; es más, he sido muy egoísta. —Eneas la escuchaba atentamente—. La mañana que te seguí hasta casa de tus padres quería disculparme contigo por no haber pensado nunca en tus sentimientos y haberme dejado arrastrar única y exclusivamente por mis impulsos, cayera quien cayera... Primero hice daño a Oliver, después a ti, e incluso me estaba dañando a mí misma sin darme cuenta... —Abril puso los ojos en blanco y suspiró antes de continuar—. Cuando llegaste a mi vida, me rompiste todos los esquemas; fuiste una bocanada de aire fresco. Contigo me sentía viva, plena, deseada... Y lo confundí con amor... —Tragó saliva mientras contemplaba cómo los ojos de Eneas se humedecían—. Me llegué a plantear mi relación con Oliver, pero resulta que solo necesitábamos darle algo de chispa a nuestra relación, y te utilizamos a ti... Y no sabes cuánto lo siento. —Abril estalló en un mar de lágrimas. Eneas le sujetó la mano con fuerza—. Siento muchísimo no haber tenido las cosas claras, haberte confundido e ilusionado con un sentimiento que no era real...

—Abril, para de culparte —dijo Eneas, interrumpiendo su llanto desconsolado—.Yo sabía lo que había, y también jugué… Es cierto que mis sentimientos hacia ti son más fuertes de lo que deberían, pero soy muy consciente de lo que hay. Y la realidad es que eres una gran mujer que no tiene maldad alguna, al igual que Oliver. Como bien te he dicho antes, sois dos grandes personas que lo único que habéis hecho ha sido halagarme y tratarme con todo el cariño posible. Así que, de verdad, no me pidas más perdón, porque todos hemos sido culpables de acrecentar esta situación.

Un «gracias» susurrado escapó entre los labios de Abril mientras sujetaba con fuerza las manos de Eneas. Ambos se fundieron en un abrazo lleno de emoción, pero, sobre todo, de paz y sosiego.

—Ahora voy a dedicarme a disfrutar de mi familia, mis amigos y mi carrera —anunció Eneas—. Quiero ver nacer y crecer a mi sobrino, mantener el contacto con mis hermanos, cuidar y mimar a mi madre y, sobre todo, hacer que el mundo entero conozca y ame a Alhena.

Esas palabras de Eneas hicieron que Abril se sintiera muy orgullosa de él. Al fin podría tener la libertad de ser quien realmente era sin ocultarse de nadie y sintiendo la aceptación y el cariño de los que de verdad le importaban.

—Estoy deseando ver a Alhena triunfar y a ti, Eneas, te deseo toda la felicidad del mundo.

Tras esas palabras y un último abrazo, se despidieron sin saber si sus caminos se volverían a unir.

Lucas, que había contemplado la escena desde la lejanía, aprovechó la marcha de Abril para acercarse a su amigo y abrazarlo también con fuerza. Sabía cuánto consuelo necesitaba en aquellos momentos.

—Todo es muy raro, Lucas. Siento que mi vida se ha reconducido en lugar de desmoronarse.

—Realmente es justo lo que ha pasado, amigo mío. Tu padre era la manzana podrida que había que retirar para que el resto pudierais convivir en armonía.

—Pero aún tengo una cuenta pendiente —dijo Eneas, con la voz temblorosa.

—¿A qué te refieres? —a Lucas lo mataba la curiosidad.

—La noche que me apuñalaron… No se trató de ningún asalto… Fue Borja quien lo hizo.

Lucas palideció tras la confesión de Eneas, que no podía dejar de llorar, pero decidió contarle todo a su mejor amigo:

—Me siguió al salir del club, me amenazó y me apuñaló con intención de matarme… Pero no lo consiguió. Y no lo denuncié por miedo a cómo pudiera reaccionar. Pero después de lo de mi padre creo que lo justo es que él también pague por lo que hizo.

—Eneas, ¿cómo has podido callarte algo tan grave? Borja es un desgraciado y tiene que pagar.

Eneas se arrepentía cada segundo de su vida de no haber denunciado a Borja cuando tuvo que hacerlo y, quizás, ahora ya era tarde, pero no podía arriesgarse a que algo de esa gravedad pudiera volver a pasar. Así que, de la mano de su amigo Lucas, se armó de valor y se dirigió a poner la denuncia. Era su último cabo suelto antes de poder sentirse completamente tranquilo.

26

Abril llegó a casa dando un paseo, respirando y asimilando todo lo que le había sucedido en los últimos meses, y le parecía increíble el giro tan drástico que estaba dando su vida. Ella, que siempre había sido feliz con su vida tranquila, su pareja, su rutina de trabajo… De repente tenía inquietudes, proyectos de futuro, deseos irrefrenables… Tenía que reconocer que Eneas le había despertado muchas cosas nuevas, pero lo cierto era que su mayor apoyo y pilar fundamental siempre había sido la fe ciega de Oliver en ella y su comprensión y lucha constante.

Si Oliver no hubiera tenido la fuerza de tirar hacia adelante, posiblemente todo lo que tantos años les había costado construir estaría completamente derruido. Siempre había sabido que era una afortunada por tener al hombre que tenía al lado, pero en los últimos tiempos se había dado cuenta de que Oliver era muchísimo más fuerte de lo que ella pensaba y que tenía un corazón que no le cabía en el pecho. Incluso se sintió injusta al haberle reclamado más atención cuando él estaba pasando por el duelo de su madre y ella se sentía descuidada como pareja.

Durante el camino a casa pudo contemplar cómo su trabajo fotográfico con la imagen de Eneas y Alhena ocupaba la fachada del Ayuntamiento, firmado por ella, y eso le hizo sentir también muchísimo orgullo y ganas de seguir avanzando en la fotografía. No quería estancarse ahí.

—Oliver, mi amor. He estado pensando en algo… Aunque quizás sea una locura —le dijo a su novio tras llegar a casa y darle un fuerte abrazo acompañado de un beso.

—Soy todo oídos… —dijo Oliver con incertidumbre.

—Sé que sería cuestión de hacer números, pedir préstamos y a lo mejor es una inversión que ni siquiera nos podemos permitir. Pero he pensado en montar mi propio estudio de fotografía.

La mirada de Oliver se llenó de ilusión; era lo que siempre había querido, que su chica fuera consciente de su potencial y su talento y luchara por dedicarse a lo que realmente la hacía feliz.

—Me parece la mejor locura que se te ha podido ocurrir —dijo Oliver, con una gran sonrisa—. Y, por supuesto, cuenta conmigo para absolutamente todo lo que necesites, porque ahí voy a estar, siempre para ti.

Abril saltó a los brazos de su chico y lo besó de forma efusiva.

—No sabes lo mucho que le agradezco a la vida por haberte puesto en mi camino —le dijo Abril, emocionada—. Soy tan afortunada de tener a mi lado a un hombre como tú, que a veces pienso que no te merezco. Tengo tanto que agradecerte…

—Cariño… —Oliver se enterneció tras las palabras de su chica—. Ya lo hemos hablado, somos humanos, no somos perfectos… No pienso que tengas que darme las gracias. Nos queremos y tenemos un proyecto de futuro común. —Suspiró—. Tú has tenido tus errores, al igual que yo los míos… Pero hemos tenido la fuerza y la entereza para superar cada obstáculo que la vida nos ha puesto. Y no hay nada que me haga más feliz ahora mismo que verte ilusionada y con ganas de seguir compartiendo conmigo todos tus sueños, porque yo siempre voy a estar a tu lado para ayudarte a que se hagan realidad.

Abril besó a Oliver con pasión, le desabrochó la camisa con ansia y comenzó a saborear todo su torso con una intensidad desmedida. Oliver, aunque sorprendido por el arrebato, se dejó querer y disfrutó de la calidez de los besos de su novia.

—Te quiero —fue lo último que Abril logró decir antes de que las palabras se convirtieran en gemidos.

27

Cuando Lucas llegó a casa, era ya más del mediodía. Gonzalo lo estaba esperando desde hacía rato con la comida puesta, pero ya hasta las ganas de comer se le habían pasado. Lucas se disculpó con un suave «lo siento, cariño».

Gonzalo tenía el semblante serio y ni siquiera cuando Lucas se acercó para saludarlo con un beso en los labios le correspondió con ganas.

—¿Estás enfadado? —preguntó Lucas, incrédulo—. De verdad que no pretendía dejarte plantado; ya te dije cuando te llamé que Eneas necesitaba que lo acompañara a denunciar al desgraciado de Borja.

—Como no… —dijo Gonzalo, interrumpiendo a su chico—. Eneas, siempre él.

Lucas se quedó completamente extrañado ante la reacción que su chico estaba mostrando.

—Siempre está él antes que nada, Lucas. Estoy harto —sentenció Gonzalo.

—Cariño, Eneas es mi amigo y no está pasando por un buen momento… Me necesita.

Gonzalo comenzó a reír a carcajadas; Lucas estaba totalmente descolocado.

—Eneas siempre te necesita y tú siempre estás ahí. Desde que tú y yo nos conocimos, él siempre ha sido una sombra entre nosotros. Incluso pensé que si nos lo follábamos, se te pasaría esa obsesión que tenías con él. Pero desde entonces, te siento aún más unido a él y más alejado de mí.

Las palabras de Gonzalo comenzaban a cobrar sentido en Lucas. Estaba celoso.

—Gonzalo, no te reconozco. ¿Estás celoso de Eneas? ¿Es eso? Sabes de sobra que somos como hermanos… Y que lo que pasó aquella vez fue fruto de un momento de calentura que tuvimos los tres. Además, sabes perfectamente de dónde venimos…

—Estoy cansado, Lucas. ¿No ves que Eneas solo quiere llamar tu atención?

Gonzalo estaba fuera de sí.

—¿De verdad no ves el alcance de la situación? ¡Borja fue quien intentó matarlo!

Pero aquella información parecía no haber causado ningún tipo de reacción en Gonzalo, lo cual extrañó aún más a Lucas.

—Gonzalo, ¿entiendes la gravedad del asunto? Borja casi mata a Eneas.

—Una pena que no lo hiciera —dijo Gonzalo entre dientes.

—¿Pero a ti se te está yendo la cabeza o qué te pasa? —Lucas se estaba comenzando a asustar.

De repente, la puerta de la habitación se abrió y Borja apareció frente a ellos. Lucas no entendía nada, pero Gonzalo no tardó en aclararle sus dudas.

—Si no me llegas a avisar, Borja ya estaría en manos de la policía.

La sonrisa de Borja perturbaba cada vez más a Lucas, a quien la cabeza le estaba a punto de estallar.

—¿Aún no lo has entendido, Lucas? Con lo listo que eres para algunas cosas… —continuó Gonzalo—. Borja y yo siempre hemos estado en contacto... Ya me entiendes. —Se miraron con complicidad y un gran escalofrío recorrió la espalda de Lucas—. Él no podía dejar que Eneas le arruinara la vida que tanto le había costado construir y yo necesitaba apartarlo de ti, al precio que fuera.

Lucas tragó saliva; nunca había tenido tanto miedo.

—¿De verdad creías que estaba de acuerdo con que Eneas trabajara con nosotros? Por supuesto que no. Odio que todos lo alaben, que se crea mejor que nadie, odio cómo lo miras con admiración y, sobre todo, odio que me hayas dejado a un lado para dedicarte a él. Borja ha sido el único que ha sabido comprenderme, al igual que yo a él. Ambos hemos sabido satisfacer nuestras necesidades mutuamente mientras pensábamos la mejor manera de deshacernos de Eneas.

—¿Cómo no he podido darme cuenta del monstruo que eres? —consiguió decir Lucas, al fin—. Estás enfermo. Nada de lo que dices es cierto, todo está en tu cabeza.

—Gonzalo me avisó de que Eneas estaba de vuelta —dijo Borja al fin—. ¿Crees que fue casualidad que acabáramos en La Escena el día de mi despedida de soltero? Todo estaba planeado para hacerlo sufrir... Pero siempre estabais esa chica y tú para ayudarlo... Y no queríamos que sospecharas de Gonzalo, así que actuamos con calma y paciencia... Pero aquel día que lo apuñalé fue porque Gonzalo me dijo que Eneas había estado buscando información en redes sociales sobre mí y sobre mi mujer, y prefería matarlo antes que metiera las narices donde no lo llamaban, aunque me salió mal la jugada...

Lucas, en un acto reflejo, intentó dirigirse a la puerta para huir, pero Borja le bloqueó el paso.

—Vas a llamar a Eneas ahora mismo y le vas a decir que venga a casa —dijo Gonzalo.

—Por favor, Gonzalo… para con esta locura… —suplicó Lucas.

—¡Hazlo! —gritó Gonzalo, apuntándolo con un cuchillo.

Lucas, temblando, descolgó el móvil y llamó a su amigo.

—Dime, Lucas. ¿Pasa algo? —La voz de Eneas sonaba preocupada.

—Necesito que vengas a casa, es importante…

Eneas le insistió en saber con antelación, pero Lucas lo convenció de que era algo importante que no podían hablar por teléfono y accedió a acudir a su casa en cuestión de media hora.

—Bien hecho, cariño —susurró Gonzalo cuando Lucas colgó.

—Por favor, no le hagáis daño. Gonzalo, si tú quieres, yo hoy mismo corto mi relación con Eneas.—Lucas sonaba desesperado.

—Ya ha denunciado a Borja, es tarde —dijo Gonzalo con firmeza.

—Confiaba en ti, eras el amor de mi vida…Y ahora me da terror mirarte a los ojos.

Lucas no podía expresar con palabras lo roto que se encontraba en esos momentos.

28

Eneas caminaba del brazo de su madre, orgulloso y con la cabeza alta. Desde que toda la verdad había salido a la luz, madre e hijo no querían perder más tiempo juntos e intentaban disfrutar el uno del otro al máximo.

—¿Todo bien, hijo? Te siento distante —observó Matilde.

—La verdad es que la llamada de Lucas me ha dejado preocupado. Vamos a parar un momento en su casa a ver qué le sucede, si no te importa.

Matilde asintió y acompañó a su hijo sin hacer demasiadas preguntas, aunque lo cierto era que se moría de curiosidad. Llegaron en pocos minutos y, al ver que el portal estaba abierto, subieron directamente y tocaron a la puerta con decisión. Lucas abrió la puerta casi de inmediato.

—Eneas… —Lucas le hizo un gesto extraño con los ojos a su amigo—. Qué pronto has llegado…

Eneas quiso entender que algo no estaba bien y le hizo a su amigo un gesto con la mano con un leve «¿qué pasa?» susurrado. Lucas señaló sus labios con discreción y, mientras volvía a hacer ese extraño gesto con los ojos, Eneas leyó en sus labios claramente: Borja.

Eneas se descompuso al entender lo que estaba pasando, pero decidió actuar con rapidez.

—Bueno, ¿me invitas a pasar o qué? —dijo en voz alta mientras le indicaba silencio a su madre, que se encontraba tras él.

—Sí, claro… Pasa. —Lucas estaba temblando—. Hay algo que tengo que contarte…

Eneas entró, pero antes dejó su teléfono móvil en manos de su madre con un mensaje escrito en la pantalla: *Llama a la policía, Borja está aquí.*

El pulso de Eneas se aceleraba por momentos; incluso estaba comenzando a sentir cómo se le entrecortaba la respiración. Desde la noche en que Borja lo apuñaló, no había dejado de repetir la misma escena una y otra vez en sus pesadillas. Tenía pánico de volver a tenerlo enfrente, pero no podía abandonar a su amigo Lucas, tenía que enfrentarse a sus miedos.

—Cuánto tiempo. —La voz de Borja rompió el silencio.

—Borja, no sé qué pretendes… —A Eneas le costaba hablar—. Pero Lucas no tiene la culpa de nada, aquí me tienes.

Borja se acercó a Eneas con una sonrisa de oreja a oreja y rodeó su rostro con una de sus grandes manos. Lo besó en los labios con lascivia, aunque Eneas intentó zafarse sin éxito.

—¿Me echabas de menos? —La ironía de Borja no tenía límites.

Eneas estaba totalmente paralizado, no entendía qué estaba pasando: Lucas estaba sentado en un rincón llorando desconsolado, Borja lo tenía entre sus manos, y Gonzalo estaba sentado en el sillón contemplando la escena con atención.

—¿Se puede saber qué te he hecho para querer matarme? —Eneas se rompió—. Lo único que hice fue quererte sin medida. ¿Y así me lo pagas?

—Siempre has sido un puto egoísta —sentenció Borja—. A ti solo te importaba lo que tú sentías y te daba igual lo que yo quisiera… Y casi me hundes la vida.

—Yo lo único que quería era una vida junto a ti, siendo libres y felices… Pero tú nunca aceptaste tu condición… ¡Eres un cobarde de mierda! —Eneas gritó con una rabia desgarradora.

Se hizo un silencio sepulcral.

—Lucas, Gonzalo… —dijo Eneas entre sollozos—. Somos tres contra uno, no podemos dejarnos amedrentar por él.

Borja sonrió con énfasis.

Entonces fue Gonzalo quien se incorporó y se puso frente a Eneas.

—Eneas, ¿de verdad aún no te queda claro que no pienso mover un dedo para protegerte? Estoy harto de ti y de tus ínfulas.

Eneas miró a Lucas sin dar crédito a lo que acababa de oír. Gonzalo era su amigo.

—No pongas esa cara de cordero degollado. —Gonzalo sonaba frío y lleno de odio—. Estoy harto de que mi relación se base en tu bienestar y en salvarte el culo a ti siempre que lo necesites. Estoy hasta los cojones de que mi novio te dedique todo el tiempo del mundo, de que seas el protagonista del club que tanto nos ha costado levantar y, sobre todo, estoy cansado de que te creas que eres mejor que el resto cuando solo eres un maricón más que ni siquiera sabe lo que quiere en la vida y que se dedica a destrozar vidas ajenas.

Eneas no podía creer todo lo que salía por boca del que hasta hace unos minutos consideraba uno de sus mejores amigos, incluso su familia.

—¿Quieres decir que Borja y tú…? —todo comenzaba a cobrar sentido para Eneas.

—¿Crees que de verdad Borja te siguió aquella noche? Pues no. Fui yo quien le dijo dónde encontrarte, no te soportaba más con tus aires de estrella barata y tu constante reclamo de atención.

—Estáis enfermos... —dijo Eneas, firme—. Yo siempre os he querido y no me merezco esto.

Borja desenvainó una afilada navaja y se la colocó a Eneas en el cuello.

—¿No os dais cuenta de que vais a echar a perder vuestra vida por unos celos y unos miedos infundados? —Eneas comenzó a sonar sereno—. Yo nunca he pretendido meterme en tu relación con Lucas, Gonzalo. Creí que teníamos la suficiente confianza como para que me dieras un toque de atención. Reconozco que a veces soy demasiado intenso, pero Lucas es como un hermano para mí y nunca hice nada con intención de dañaros. —Gonzalo tragó saliva mientras lo escuchaba; Eneas continuó—: Y, Borja, ¿de verdad crees que pensaba contarle algo a tu mujer y arruinarte la vida? Me sorprende que aún no me conozcas... Una cosa fue que quisiera luchar por nuestra relación en su día, aunque no fuera de la mejor manera, y otra cosa es que quiera hacerte daño a ti y a tu mujer... Lo que más me duele de todo esto es que hayáis llegado a este punto de locura por cosas que están en vuestras cabezas y que ni siquiera son verdad. Son fruto de vuestras inseguridades.

Borja retiró la navaja de Eneas y se echó las manos a la cabeza. No podía pensar con claridad.

Gonzalo intentó tranquilizarlo diciéndole que no se dejara manipular por las palabras de Eneas, que ya lo había denunciado y ya no había vuelta atrás. Tenían que mantener la mente fría.

Eneas no soportaba más el temblor de sus piernas y se sentó en el suelo junto a Lucas, abrazándolo. De repente, la puerta de casa se abrió de un golpe en seco y entraron varios policías armados.

Borja y Gonzalo se miraron sin comprender cómo habían podido dar con ellos, pero no pensaban rendirse y se defendieron con golpes y con las armas blancas que poseían.

Lucas y Eneas fueron ayudados a salir de la estancia para ponerlos a salvo. Matilde los estaba esperando en la calle y los abrazó con fuerza al recibirlos.

—Gracias, mamá —repetía Eneas en bucle.

Lucas no podía parar de llorar.

De repente, se escucharon dos disparos. Eneas supo que todo había terminado.

29

Conforme fueron pasando los días, Lucas y Eneas fueron asimilando, a base de muchas conversaciones, lágrimas y noches en vela, todo lo que habían vivido junto a Borja y Gonzalo. Había sido horrible para ambos descubrir cómo los grandes amores de sus vidas habían sido víctimas de sus celos e inseguridades hasta el punto de perder la cabeza de una forma tan descomunal.

Eneas, por su parte, siempre supo que Borja jamás aceptaría su condición, pero nunca imaginó que podría llegar a querer matarlo para terminar así con el miedo a que su pasado saliera a la luz.

Lucas, en cambio, sentía que había vivido una relación de años con una persona a la que en realidad no había llegado a conocer, y eso lo tenía totalmente consumido. ¿Cómo era posible que nunca se hubiera dado cuenta de la clase de persona que tenía al lado? Porque si de algo Lucas no tenía dudas era de que le había entregado a Gonzalo toda su vida sin preguntas y sin mirar atrás. Él había confiado ciegamente en su relación y tenía la conciencia muy tranquila de saber que había hecho todo lo humanamente posible para mantener una relación sana y sincera. Pero, al parecer, no había sido suficiente.

En los funerales de Borja y Gonzalo, respectivamente, Lucas y Eneas tuvieron que enfrentarse a muchas preguntas incómodas por parte de amigos y familiares de ambas partes, ya que a todos les había pillado por sorpresa descubrir la naturaleza de sus muertes.

Los padres de Gonzalo estaban completamente destrozados y eran incapaces de creer que su hijo hubiera sido capaz de hacer todo lo que la policía había confirmado, pero Lucas no tenía palabras de consuelo para ellos, ya que él era incapaz de encontrarlo para sí mismo.

Eneas reconoció a la viuda de Borja, que lloraba desconsolada junto a sus familiares, pero no quiso acercarse a ella, ya bastante mal lo estaría pasando después de perder a su marido y descubrir todo lo que este le ocultaba. Realmente la compadecía, pero la realidad era que no podía hacer nada por ella. Para su sorpresa, fue ella quien se acercó para hablar con él.

—Tú eres Eneas, ¿verdad? —Los ojos de la chica estaban hinchados y su voz sonaba temblorosa—. Yo soy Beatriz.

Eneas, sin saber muy bien cómo actuar, sujetó a Beatriz de la mano y le dio su más sincero pésame.

Ella tan solo estaba pagando las consecuencias de las malas decisiones que había tomado Borja; también había resultado víctima de sus actos.

—Siento muchísimo todo lo que Borja te hizo… —Beatriz estaba totalmente rota.

—Tú no tienes la culpa de nada, Borja te engañó… Y ahora ya no está…

Pese a todo el mal que le había causado, a Eneas se le empañaban los ojos al pensar en él.

—¿Sabes? A veces notaba cosas raras en él… —confesó la viuda entre sollozos—. Desaparecía sin dar explicaciones, me ponía excusas… Y llegué a pensar que me engañaba con otra mujer. Pero nunca me imaginé todo lo que escondía y lo que era capaz de hacer… —Se bebió sus propias lágrimas—. Yo lo quería de verdad… Pero nunca llegué a conocerlo… Y me siento tan estúpida…

—No te martirices así… —dijo Eneas, con tristeza—. Tú has sido otra víctima de sus problemas mentales.

Beatriz abrazó a Eneas, parecía ser una gran mujer y no se merecía todo lo mal que lo estaba pasando. Se despidió de él deseándole todo lo bueno y volvió a reunirse con su familia.

Abril y Oliver, tras enterarse de todo lo ocurrido y preocuparse por la situación de Eneas, tampoco dudaron en acompañarlo en aquel momento tan complicado. Las cosas habían llegado demasiado lejos.

A Eneas le reconfortó mucho sentir el abrazo de Abril. Sabía que tras su última conversación la historia entre ellos había quedado zanjada, pero su cercanía seguía haciéndole muchísimo bien.

Oliver también lo apoyó con cariño, lo cual era de agradecer tras todo lo que había sufrido por su culpa. Eneas no podía dejar de reconocer que Abril no podía tener un mejor compañero de vida.

Aquel día fue, junto con el juicio contra su padre, uno de los momentos más duros de la vida de Eneas. Pero, después de todo aquello, lo único que podía pasar era que todo fuera a mejor y comenzar a vivir la vida que tanto ansiaba, sintiéndose libre a la vez que acompañado por sus seres queridos.

Lucas había pensado incluso en cerrar el local, pero Eneas lo convenció de que no lo hiciera, ya que La Escena había sido una gran oportunidad para que la gente del pueblo abriera sus mentes y la gente del colectivo encontrara un lugar en el que sentirse completamente libre. Eneas incluso se ofreció a asociarse con Lucas para llevar juntos la gestión del negocio, aunque deberían contratar a nuevos artistas, ya que él en poco tiempo se marcharía a probar suerte al programa de televisión.

—Esta mañana he recibido la llamada de Miguel Ángel Molinero —le dijo Eneas a Lucas mientras preparaban la comida.

—¿Y qué tal? ¿Novedades sobre el concurso? —preguntó Lucas, curioso.

—Les mandé las fotografías que me hizo Abril, rellené un formulario y les envié un vídeo de presentación por correo electrónico para el primer *casting*…Y por lo visto les encajo a la perfección en el perfil que buscan.

—Eso es genial, ¿no? —Lucas no notaba a su amigo especialmente ilusionado—. ¿O acaso hay algo que no te cuadra?

—Pues que resulta que tengo que irme en unos días para hacer otro *casting* presencial, aunque Miguel Ángel me ha dicho que es un mero trámite, que ya estoy dentro. Así que sería conveniente que me mudara de una vez, que allí me buscan un piso para lo que dure la grabación.

—Vaya… —fue lo único que Lucas pudo decir.

A Eneas le costaba muchísimo pensar en irse justo en ese momento, pero si quería cumplir su sueño tenía que ser valiente y arriesgarse, aunque tuviera que separarse de su familia y seres queridos.Y aunque a Lucas tampoco le hacía gracia separarse de su mejor amigo, lo abrazó con fuerza y le dio la enhorabuena. Confiaba en él y en su prometedora carrera como artista.

—Parece ser que nuestros caminos vuelven a separarse —dijo Eneas, emocionado.

—Por muy lejos que te vayas, siempre sentiré que estamos cerca.Te quiero mucho, Eneas.

Los dos amigos se fundieron en un abrazo lleno de sentimientos, se iban a extrañar muchísimo.

Eneas tenía muchísimos sentimientos encontrados: quería triunfar como *drag queen* y dedicarse a ello más que nada en el mundo, pero también quería seguir disfrutando de su familia, a la que recientemente había recuperado, seguir acompañando a su amigo Lucas, en el duelo que estaba pasando, tampoco quería dejar de sentirla cerca a ella...

Abril...

Aunque desde el funeral de Borja y Gonzalo no la había vuelto a ver, Abril no se iba de su mente tan fácilmente. Todo lo que había sentido por ella, sus encuentros, sus conversaciones, el vínculo que habían creado entre ellos. No podía olvidarla, y aunque la extrañaba, le consolaba el hecho de que en cualquier momento se la podría cruzar por las calles del pueblo. Seguramente, la distancia sería lo único que lo ayudaría a olvidarla, aunque sentía la necesidad de despedirse de ella.

30

Abril llevaba días haciendo números junto a Oliver en su tiempo libre. Estaban muy ilusionados con el proyecto del estudio fotográfico, pero lo cierto era que, mientras conseguían encontrar un local adecuado y el banco estudiaba su situación para concederle el préstamo necesario, tenían que seguir con sus rutinas diarias y sus trabajos.

—¿Entonces ya no has vuelto a ver a Eneas? —le preguntó Julia durante el rato de descanso.

Aunque Abril no lo quería de una forma romántica, aún sentía un pellizco en el estómago al pensar en él. Había sido mucho lo que habían vivido y experimentado juntos.

—Siempre miro hacia su ventana al pasar, pero no he vuelto a verlo desde el entierro de Gonzalo.

—Eso significa que lo extrañas... —Julia no tenía pelos en la lengua.

—Ay, Julia... Ya hemos hablado de esto muchas veces... No quiero seguir removiendo un tema que he decidido enterrar. —Abril sonó firme en sus palabras.

—Bueno... ¿y Oliver y tú habéis vuelto a jugar con un tercero?

—¿Cómo puedes ser tan cotilla? —A Abril se le escapó incluso una carcajada—. Ya te he dicho que nos hemos redescubierto como pareja en el ámbito sexual y nos satisfacemos mutuamente; no necesitamos un tercero.

—¿Y si surge?

—Si alguna vez surge, que no lo descartamos, será con alguien con quien solo exista una atracción física y los sentimientos no intercedan en ello.

Abril pudo hablar más alto, pero no más claro. Oliver y ella habían decidido no cerrarse a nada y vivir la sexualidad tal cual surgiera, sin límites ni prejuicios, pero siempre teniendo claro los sentimientos entre ellos y anteponiendo la confianza y la sinceridad ante todo.

—Ojalá el día que vuelva a tener una relación sea como la vuestra.

Esas últimas palabras de Julia, antes de volver a la jornada laboral, fueron absolutamente sinceras. Aunque le encantara el cotilleo, quería a Abril sinceramente y le deseaba todo lo bueno que le pudiera pasar, y Abril lo sabía y se lo agradecía en el alma. Jamás podría olvidar que Julia le tendió su mano en su peor momento y le ofreció un techo. Era lo más parecido a una familia que tenía en la vida, y aunque a veces la sacara de quicio, la quería con todo su corazón.

El resto de la jornada se les pasó más rápido de lo habitual debido al gran volumen de trabajo que tenían; ya se notaba oficialmente el verano en el pueblo.

Antes de volver a casa, Abril se paró ante la ventana de Eneas. Recordaba con total claridad la primera vez que él le gritó desde allí y ella se giró a mirarlo. Cómo olvidar el impacto que causaron en ella aquellos profundos ojos negros y aquella amplia y perfecta sonrisa.

Desde que Eneas apareció en su vida, todo había cambiado, y lo cierto era que tanto para bien como para mal, Abril se había atrevido a ver el mundo con otros ojos.

—¿Qué haces ahí parada? ¿Me estás acosando?

Ese tono burlón de Eneas la hizo sonreír y al mismo tiempo la devolvió al presente. Abril no se había dado ni cuenta de que Eneas estaba junto a ella.

—Ya sabes que me encanta acosarte —contestó Abril, también en clave de humor.

—Tenía ganas de verte —confesó Eneas, con semblante alegre.

—¿Cómo estás? Supongo que no está siendo una racha fácil…

Abril estaba realmente preocupada por él, pero había preferido darle su espacio y no atosigarlo.

—Pues han sido tiempos difíciles, pero ahora voy a empezar una nueva etapa… ¿Recuerdas lo que te comenté del concurso? —Abril asintió sin pestañear—. Pues en unos días tengo que irme a Madrid.

—¿Tan pronto? Vaya, pensé que sería después de verano.

Abril se había quedado fría.

—Después de verano se comenzará a emitir, así que tendremos que comenzar antes con el rodaje.

—Seguro que te va genial y todo el mundo te adora; es difícil que sea de otra forma.

—Gracias por todo, Abril. Aunque no lo creas, me has hecho muy feliz todo este tiempo.

Las mejillas de Abril se bañaron en lágrimas en cuestión de segundos y Eneas la abrazó con cariño.

Hacía tiempo que no se sentían así de cerca, compenetrando sus respiraciones y el latido de sus corazones.

—Te voy a echar mucho de menos, pero te voy a estar apoyando desde aquí. No olvides que Alhena ha sido mi gran musa —dijo finalmente Abril con dulzura.

—Esto suena a despedida, ¿no?

A Eneas se le rompía el corazón solo de pensarlo.

—De mí o te despides a gritos desde tu ventana o no pienso tomarte en serio —sentenció Abril.

Y sin pensarlo, Eneas abrió el portal, corrió escaleras arriba, entró en casa como si de un huracán se tratase y se asomó a la ventana con ímpetu. Entonces miró a Abril y fue realmente consciente de que quizás sería la última vez que la tendría de frente.

—¡Corre, que llegas tarde! —exclamó Eneas mostrando una gran sonrisa, aunque su alma estaba hecha pedazos.

Abril miró hacia arriba y supo que su historia con Eneas terminaba en ese mismo instante, y aunque le dolía, en lo más profundo de su ser sabía que las cosas tenían que ser así. Así que se sonrieron, se despidieron con la mano y Abril siguió su camino a casa sin volver la vista atrás.

Epílogo

Era una fría tarde de invierno cuando Eneas recibió a Lucas con un fuerte abrazo en su apartamento de Madrid. Era una estancia pequeña, pero muy iluminada y acogedora. Llevaban meses sin verse y cuando se abrazaron, sintieron que eran incapaces de separarse de nuevo.

—Te he echado tanto de menos… —dijo Lucas, sin poder dejar de sonreír.

—Y yo… No sabes cuánto… —Eneas besó a su amigo en la frente con ímpetu.

Lucas halagó el buen gusto de su amigo para decorar la casa y le comentó que la ubicación le parecía inmejorable, en especial, por las conexiones de metro, mientras Eneas servía un par de copas de vino y abría una bolsa de patatas fritas. Tenían muchísimas ganas de ponerse al día.

—¿Y cómo te va todo por aquí? ¿Te adaptas a la capital? —preguntó Lucas, con curiosidad.

—Te recuerdo que estoy acostumbrado a las grandes ciudades; diez años en Londres dieron para mucho.

Lucas asintió, y aunque ahora su pregunta le parecía absurda, realmente la había hecho con la esperanza de que Eneas le confesara que quería volver al pueblo.

—Sé que estos meses no hemos podido mantener todo el contacto que nos hubiera gustado —confesó Eneas—. Pero lo cierto es que el concurso ha ocupado la mayoría de mi tiempo.

—Aunque no ganaras, lo hiciste genial, Eneas —dijo Lucas, sin vacilar—. Me encantó cada estilismo que luciste y cómo te superabas en cada prueba… Habrá sido una experiencia increíble. Eneas sonrió al recordar lo mucho que había disfrutado de su paso por el programa, y le contó a Lucas que, aunque no consiguió llegar a la final, se le habían abierto muchas puertas en lo laboral y le habían ofrecido participar en cantidad de programas y *shows*.

—Poco a poco me estoy haciendo mi hueco aquí y lo cierto es que mi familia me está apoyando muchísimo… —Suspiró—. Y ahora mismo es lo más importante para mí.

—Me dijo tu hermana que venían a verte cuando podían… ¡Ah, por cierto! Tienes un sobrino precioso; lo conocí el otro día que me los crucé por el paseo marítimo.

Eneas le confesó a Lucas que su sobrino Alejandro era, posiblemente, lo mejor que le había pasado en la vida, ya que nunca se había planteado que se pudiera querer tanto a alguien.

—Es extraño, ¿sabes? Siento que ese niño es parte de mí y cada vez que veo las fotos y vídeos que mi hermana me manda, me emociono con muchísima facilidad. Me gustaría pasar más tiempo con él, pero la realidad es que mi forma de vida no me lo permite… Y no se puede tener todo en la vida.

—Y… de tu padre… ¿hay alguna novedad? —A Lucas le costó formular esa pregunta tan delicada.

Eneas torció el gesto; era un tema que le dolía e incomodaba muchísimo, pero no dejaba de ser una realidad que formaba parte de su historia.

—Bueno, tras las declaraciones y las pruebas presentadas en el juicio, parece que ese monstruo jamás volverá a ver la luz del sol. Prefiero no tocar mucho ese tema, si no te importa.

—Disculpa, no quería incomodarte. Es solo que entre unas cosas y otras hace mucho tiempo que no hablamos en profundidad… —Cogió aire—. ¿Y no has conocido a nadie especial? —preguntó Lucas, realmente interesado en la respuesta.

—He conocido a mucha gente, pero ahora mismo no me veo preparado para volver a enamorarme y, mucho menos, para compartir mi vida con alguien, sinceramente.

Las palabras de Eneas se sentían llenas de fortaleza y superación.

—Yo sí he conocido a alguien… —confesó Lucas con una sonrisa tímida—. Pero después de Gonzalo… Me estoy andando con pies de plomo. Es muy difícil volver a confiar en alguien.

Eneas sujetó la mano de su amigo, que había temblado involuntariamente al mencionar el nombre de aquel hombre que tanto daño les había causado a ambos. Era la misma sensación que él tenía siempre que recordaba a Borja.

—No podemos cerrarnos en banda eternamente, haces bien conociendo a otras personas. La confianza llegará con el tiempo, ya verás —dijo Eneas con calma.

—Es algo mayor que yo, pero me ayuda con el local y se preocupa por mi bienestar. De momento, es lo único que necesito… Aparte de que en la cama es brutal y nos entendemos a las mil maravillas.

Ambos rieron tras aquel comentario y brindaron por ello.

—¿Y qué sabes de Abril? ¿Cómo le va la vida?

Lucas sabía que en algún momento esa pregunta llegaría, lo que no imaginaba era que sería tan pronto y no pudo evitar soltar una carcajada antes de preguntar:

—¿Aún no la has olvidado?

Eneas se levantó con la copa de vino en la mano, se asomó a la ventana y contempló el atardecer entre los altos edificios de Madrid. Suspiró.

—Creo que ya he superado lo que sentía por ella... Pero no puedo evitar recordarla con cariño y desearle todo lo mejor del mundo.

Lucas le puso la mano sobre el hombro a su amigo y lo besó en la mejilla con ternura.

—Lo cierto es que le va genial... Hace poco inauguró su estudio fotográfico. Reflejos, se llama. Y su imagen principal es la del reportaje que te hizo, con la que ganó el concurso.

Una enorme sonrisa se dibujó en el rostro de Eneas al recordar aquel maravilloso trabajo que tanto los unió.

—Me invitó a la inauguración y estuvo todo increíble, además me contaron que estaban preparando el papeleo para casarse por lo civil, ya que están a punto de ampliar la familia.

Esa última información hizo que a Eneas le costara tragar el último sorbo de vino que quedaba en su copa. Abril se iba a casar e iba a tener un hijo. Parece que al final había conseguido la estabilidad que tanto buscaba.

—No sé si hice bien en contártelo, se te ha cambiado la expresión —apuntó Lucas, preocupado.

—Creo que era justo lo que necesitaba saber. En el fondo lo único que deseo es su felicidad. Me hizo muy bien conocerla y quererla. Aunque lo pasé mal por no ser finalmente correspondido, me reconforta saber que está contenta con su vida. Es una chica increíble.

—Me sigue sorprendiendo tu generosidad y empatía. —Lucas fue totalmente sincero—. Cualquier otra persona le guardaría rencor por haberte utilizado como lo hizo.

—Te equivocas, Lucas. Ella no me utilizó en absoluto. Todo lo que los dos sentimos fue totalmente real. La única diferencia era que no sentíamos lo mismo. Además, yo, aun conociendo su situación, decidí involucrarme con ella.

Las palabras de Eneas eran completamente honestas.

—Bueno… y ahora ¿qué tienes pensado hacer con tu vida?

—La verdad es que he decidido no pensar mucho en el futuro. Voy a dedicarme a disfrutar de los trabajos que me salgan como Alhena, a conocer gente nueva que me aporte y me enriquezca, y a seguir ampliando mis horizontes viajando y conociendo mundo… ¿Y tú?

Lucas sirvió dos copas más de vino.

—Yo he decidido seguir con el proyecto de La Escena, ya que la verdad es que se ha convertido en un punto de referencia bastante importante para la gente del colectivo que vive en el pueblo y alrededores. Además, cada vez hay más nuevas promesas del *drag* dispuestas a darlo todo y a seguir los pasos de grandes estrellas como tú.

A Eneas le encantaba ver cómo su gran amigo Lucas estaba consiguiendo que aquel pueblo hostil en el que crecieron se estuviera convirtiendo en un lugar más abierto de mente en el que todos los habitantes respetaban y apoyaban la diversidad. Hacía falta más gente valiente y visionaria como él en el mundo.

Aún tenían toda la vida por delante, pero Lucas y Eneas estaban en un momento de sus vidas en el que sobre todo se sentían tranquilos y con ganas de disfrutar de lo que cada nuevo día les presentara. Se querían muchísimo, como hermanos, y estaban seguros de que siempre estarían el uno en la vida del otro, apoyándose y alegrándose por sus respectivos logros.

Eneas, en especial, se sentía pleno al tener todo con lo que había soñado durante años: el amor y el cariño de su familia; vivir dedicándose a su gran pasión; y una paz mental que le permitiría ser capaz de afrontar todo lo que la vida le deparara.

Le hacía real y sinceramente feliz pensar que tanto Abril como él, después de la historia tan intensa que habían vivido, estaban viviendo con paz, orgullo, honestidad y libertad.

FIN